デスループ令嬢は生き残る為に
両手を血に
染めるようです
沙寺絃 Satera Ito
illust. 千種みのり

「きゃっ！」
その時、馬車がひと際大きくガタンと揺れた。
私はバランスを崩し、
シャルと抱き合うような形になった。

「～～～ッ！？！？！？」
ど、どど、どうしよう⁉
何この状況⁉
どうすればいい⁉

テーブルの上には、
昨日ここを立ち去った時には
なかったモノが
置かれていた。
「……羊皮紙……？」

それは一辺が三十センチ程の大きな正方形の用紙だった。
表面には何やらびっしりと字が書かれている。

――諸君らの中に、**【悪魔】**が二匹紛れ込んだ。
悪魔は邪神に**生贄**を捧げるべく行動する。見た目は**普通の人間**と**変わらず**、判別できない。
悪魔が行動できる時間は**夜**。一晩のうちに殺せる人間は**一人のみ**。悪魔は――

レオンハルト＝フォン＝エーベルヴァイン
エーベルヴァイン公爵家の嫡男であり、
ヘルミーナの婚約者。
ヘルミーナとは価値観の相違から
あまり良好な関係を築けていない。

ヘルミーナ＝フォン＝アインホルン
アインホルン伯爵家の令嬢。
古城で行われる『祓い会』に立ち合い人として
兄の代理で参加したところ、
『邪神召喚の儀式』という
殺し合いゲームに巻き込まれる。

クリストフ＝シュミット
エーベルヴァイン家の使用人。
レオンハルトの専属執事として、
レオンハルトのことを深く慕っている。

シャルロッテ＝フォルトナー
アインホルン家のメイドであり、
ヘルミーナの侍女。
ヘルミーナとは幼い頃から交流がある。

ハイディ=フックス
見習いのメイドの少女。
普段は城の近くの村に住み
実家の牧場を手伝っているが、
人手が足りないため
臨時で城の手伝いを行っている。
ヤスミン=ミュラー
古城のメイド長。
『祓い会』のために古城に訪れた
ヘルミーナやレオンハルトたちの
世話を行う。

ウルリッヒ
古城の庭師を務める大柄の男。
いつも頭に狼の剥製で作られた
仮面を被っており、
人前で自分の素顔を晒すことがない。

アルトゥール=クライン
教会から派遣された祓魔師(エクソシスト)。
古城のお祓いを行うために
アインホルン家の依頼を受けて
城にやって来る。

Contents

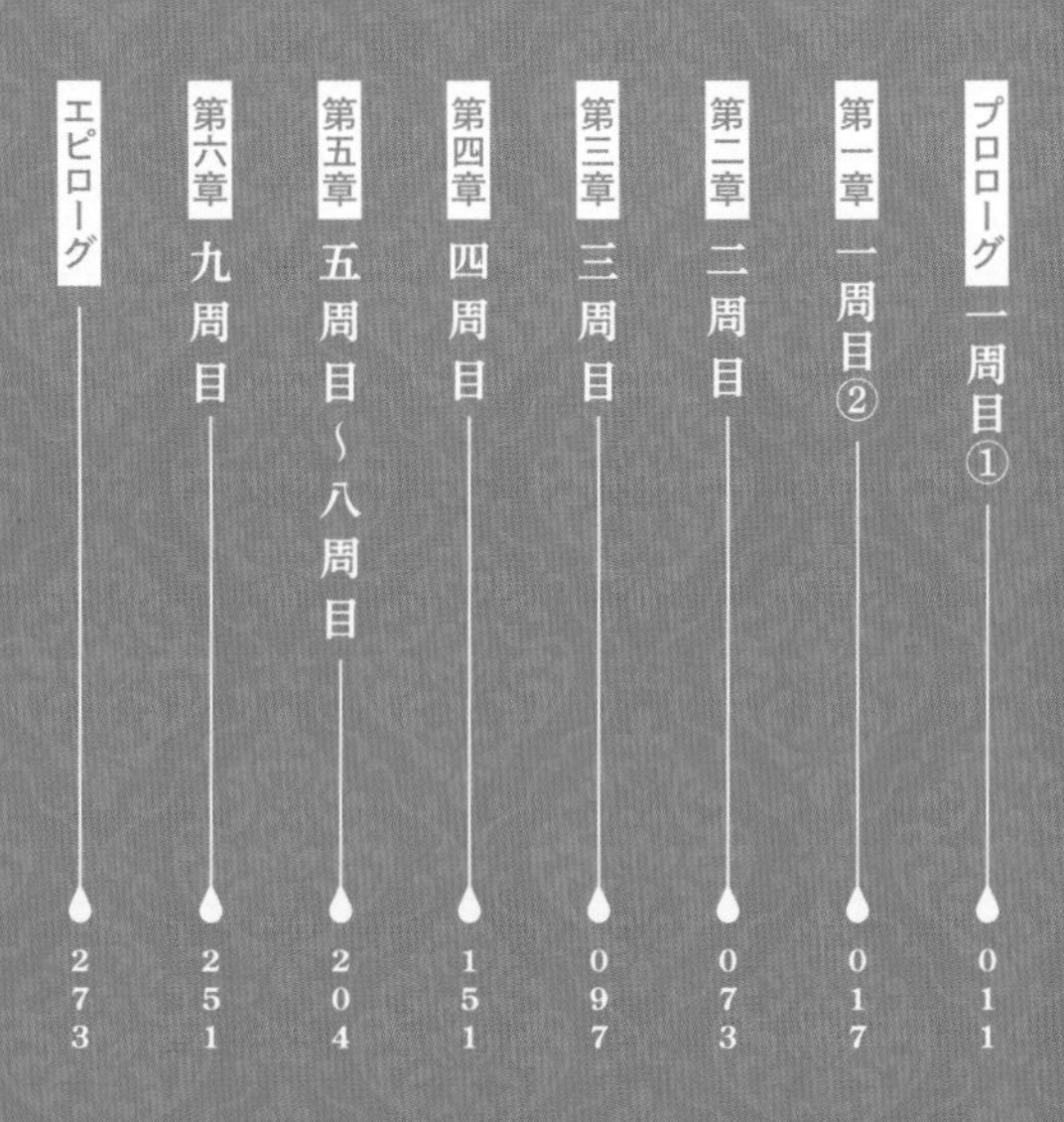

Death loop reijo wa
ikinokoru tame ni ryote wo chi ni
someru youdesu.

デスループ令嬢は
生き残る為(ため)に
両手を血に染めるようです

沙寺絃

講談社ラノベ文庫

口絵・本文イラスト／千種みのり
デザイン／AFTERGLOW

プロローグ　一周目①

「ヘルミーナよ。私は君を信じられない。君よりもハイディ＝フックスを信じる」

レオンハルト＝フォン＝エーベルヴァインの言葉に、彼の婚約者であるヘルミーナ＝フォン＝アインホルンは目を見開いた。

レオンハルトは蜂蜜色の髪に同色の瞳、端整な顔立ちの美青年だ。

その傍らで、赤い髪を側頭部で二つに結んだ少女が腕に抱かれている。

ハイディ＝フックス。大きな紫の瞳が可愛らしいメイドの少女だ。

レオンハルトの一声により、ヘルミーナの処刑が決定された。

ここは大陸の西端にある国、グランツ王国の最北。ゼーゲン州の山奥に聳え立つ、古城シュヴァルツェンベルク。

城に滞在する七人は食堂に集まり、本日の処刑対象を決める『投票』を行っていた。

——昨夜、この城で人が殺された。それも非常にグロテスクな形で『悪魔』に惨殺された。

この城に集められた人々の中に悪魔がいる。しかし、誰が悪魔なのかは分からない。

悪魔となった人間は、毎晩一人ずつ人を殺していく。

人々は殺される前に投票を行って悪魔を見つけ出し、処刑しなければならない。

それがこの場に集められた人々が巻き込まれた『邪神召喚の儀式』のルールだ。

話し合いの結果、処刑候補は二人に絞られた。

一人はハイディ。もう一人はヘルミーナ。

投票は拮抗した。そして最後の最後で、ヘルミーナの婚約者である筈のレオンハルトが裏切った。

「レオン、あなた、本気なの？　婚約者の私ではなくて、その女性を選ぶの⁉」

「婚約者だと？　所詮は家同士の取り決めではないか！　我々の間に絆と呼べるような関係があるのかね？　この際だからはっきり言わせてもらおう。君のような女性は願い下げだ。見たまえ、このハイディを！　こんなか弱い少女が悪魔だと言うつもりか？」

「なら私は、悪魔に見えると言うの⁉」

「君とハイディなら、君の方が悪魔に見える。それだけだ」

レオンハルトが言うように、二人の間には恋愛感情はない。

親が決めた家の利益優先の婚約者同士。それ以上も以下もない。

婚約して半年近く経っていたが、二人の関係はぎこちないままだった。

だからといって、こんな土壇場でレオンハルトが裏切るとは思っていなかった。

ヘルミーナの顔色は青くなり、次第に赤く染まっていく。

「冗談じゃないわ！　私は悪魔じゃない！　こんな形で殺されるなんて絶対に嫌よ！」

彼女の必死の訴えを聞く者は少ない。食堂に集まった人々は、気まずそうに、あるいは痛ましそうに顔を背ける。

ただ一人、ヘルミーナの侍女シャルロッテ＝フォルトナーを除いて。

「ヘルミーナ様……」

「シャル……シャル、助けて！　嫌よ、まだ死にたくないの！」

しかしレオンハルトが冷たく遮る。

「クリストフ、ヘルミーナを取り押さえろ！　縛ってでも処刑場へ連れていくのだ！」

「はっ！」

「やめなさい、クリストフ！　離しなさい！　いやっ、離して‼」

レオンハルトの執事、クリストフが容赦なくヘルミーナを押さえつけた。

最初は悲鳴をあげていた彼女も、散々殴打されて抵抗する力を失い、ぐったりと倒れる。その状態で縛り上げられ、林の奥にある処刑場に連行された。

鬱蒼と生い茂る木々を抜けると、ぽっかり開いた空間がある。

太い木の枝には真新しい輪状のロープがかけられ、足元には専用の台座が置かれている。

ここが処刑場だ。悪魔を吊るす為に用意された専用の場所。

ヘルミーナはクリストフの手で処刑台に上げられる。だが首にロープを巻き付けられそうになった時、シャルロッテが悲痛に叫んだ。

「レオンハルト様、もう止めさせてください！　こんな最期はあんまりです！　ヘルミーナ様が可哀相です！」

「ではシャルロッテ、君がヘルミーナの処刑を執行してくれるのかな?」

「……え?」

「ヘルミーナは処刑せねばならない。ルール上この決定は覆らない。ならばいっそ、親しい君の手で送り出してやるのが、せめてもの情けかもしれないな?」

「……っ、そんなことって!」

「私としては誰でも構わんぞ。ただあまり時間をかけたくないのでな。悩むのならクリストフにやってもらう」

「……、分かりました、あなた方にお任せするぐらいなら、私が執行します……」

「見事な忠誠心だな。では君に任せるとするか。クリストフ、降りなさい!」

クリストフと入れ替わりに、シャルロッテが処刑台へと登る。

「ヘルミーナ様……ごめんなさい、ごめんなさい……私、あなたを助けられなかった……!」

シャルロッテは涙を零(こぼ)しながら、無理やり立たされた状態のヘルミーナを抱き締めた。

「いい、のよ……あなたにやってもらった方が、安心してあの世に行けるもの……天国にね。だって私は潔白ですもの」

「はい……罪なき人を死に追いやる私たちよりも、ヘルミーナ様は天国に近いでしょう」

「お喋(しゃべ)りはその辺りにして、そろそろ処刑を始めてくれたまえ」

レオンハルトが二人の会話を苛立(いらだ)たしげに遮った。

──そしてヘルミーナは、六人の男女が見守る中、処刑場で吊るされた。

彼女は処刑を見届けに来た人々の顔を最期に瞳に焼き付ける。

婚約者だった公爵令息、レオンハルト＝フォン＝エーベルヴァイン。

その専属執事のクリストフ＝シュミット。

城のメイド長を務めるヤスミン＝ミュラー。

近くの村から奉公にやってきた少女、ハイディ＝フックス。

この城の庭の整備を任されている庭師、ウルリッヒ。

最後まで処刑に反対した、シャルロッテ＝フォルトナー。

死にゆくヘルミーナの強い視線を受けたある者は目を逸らし、ある者は目を瞑り、ある者は真正面から受け止める。

「が……っ、かはっ……!!」

首が絞まる。喉が潰され、息が詰まる。

──死にゆく寸前、彼女は見た。

ヘルミーナを見つめるレオンハルト。彼の唇が三日月のような形を描いて、嗤っているのを。彼に寄り添うように、ハイディも歪な笑みを浮かべているのを。

「っ、ヘルミーナ様っ!!　やっぱり嫌だ、嫌です！　私、私、こんな──!!」

シャルロッテが泣き叫ぶ。この場においてはシャルロッテだけが、ヘルミーナの死を嘆いていた。

婚約者の裏切り。嘲笑う少女。冷徹に見据える執事。泣き叫ぶ侍女。痛ましげに視線を逸らす年配のメイド。頭を抱えて耳を塞ぐ庭師の青年――。

それがヘルミーナ＝フォン＝アインホルンという少女が、十八歳という短い生涯の最期に見た光景となった。

第一章　一周目②

悪路を往く馬車がガタンゴトンと揺れる。

ある晴れた夏の昼下がり。整備されてない田舎道。

普段の私なら悪態の一つでもついたかもしれない。でも今はそれどころじゃない。

だって目の前にシャルがいるから。

「ヘルミーナ様。さっきからひどく揺れていますが、ご気分は悪くありませんか？」

「えっ⁉　だ、大丈夫よ。うん、平気平気！」

「そうですか？　ご無理をなさっていませんか？」

向かいの席に座るシャルが私の顔を覗き込む。

薄い茶髪のショートボブに、エメラルド色の大きな瞳。

端整であどけない人形のような顔立ち。アインホルン家が拵えた、黒と白を基調としたシックなメイド服に身を包んでいる。

ストイックな服装にもかかわらず、体の曲線は隠しきれていない。

シャルと私はもう十年も一緒にいる。昔からシャルは可愛くて優しい子だった。

……近頃はシャルが側にいると、無性にドキドキしてしまう。どうしてだろう。他の誰と一緒にいても、こんなに動揺することはないのに。

馬車の中には私たち二人しかいない。馬車の中は狭い。向かい合っている私たちの膝がくっつきそうなほどに。

シャルのいい匂いが鼻をくすぐる。最近はシャルとこんなに密着する機会はなかった。

彼女に対して言葉に出来ない感情を抱き始めた頃から、不用意に近付きすぎるのは避けるようになっていた。

だって——もしもこの気持ちが、恋だったら？

私たちの国は封建的な価値観が根強い。

女性は家や夫に従属するものと考えられ、自己主張するのはあまり好まれない。

男の人と結婚しない女性は変な目で見られるし、家事労働以外の仕事をしている女性も少ない。

身分階級による格差もある。彼女は私の使用人。私たちの国では、貴族と使用人のような階級を超えた恋は御法度とされている。

そもそも貴族の令嬢である私には、既に定められた婚約者がいる。

そんな私がシャルに抱くこの感情が、そういうものだったとしたら？　……不幸な結果になるのは目に見えている。

だから私はずっと自分の気持ちから目を逸らし、ずっと向き合えないままでいた。

「きゃっ！」

その時、馬車がひと際大きくガタンと揺れた。

私はバランスを崩し、シャルと抱き合うような形になった。

「～～～～ッ！？！？！？」

「ど、どど、どうしよう⁉　何この状況⁉　どうすればいい⁉」

「ふう……ひどく跳ねましたね。大丈夫ですか、ヘルミーナ様？」

「ふぁいっ⁉」

「……大丈夫そうですね。私の胸がクッションになってくれたようですね。良かったです。無用の長物でもたまにはお役に立てるのですね」

「む、無用の長物なんかじゃないわっ！　シャルの胸はとても素敵よ‼」

いやいや、何を言っているんだ私は。はっとして口を噤む。

シャルは一瞬きょとんとしていたけど、すぐに口元に手を当てて破顔した。

「ありがとうございます。そう言っていただけると嬉しいです」

「そ、そう、良かったわ………………」

怪しまれてないかな？　変に思われてないかな？　ないよね？

と、とりあえず外の景色でも眺めましょう。そうよ、それがいいわ。

…………………………ふう。

窓の外には牧歌的な田舎の風景が広がっている。

グランツ王国の最北に位置する辺境の地、ゼーゲン州。

私たちの目的地である古城シュヴァルツェンベルクは、州内の最西、森と谷に囲まれた場所にある。

州都から城の最寄りのハンメルドルフ村までは、蒸気自動車で移動できる。でも、そこから城へ行くのには交通手段は馬車しかない。そんな不便極まりない立地。

「まったく……私はあんな気味の悪いお城の相続に反対だったのに。それなのにお兄様ったら、いくらお父様の形見とはいえ勝手に継いで……」

「シュヴァルツェンベルク城は歴史的・文化的な価値が高いと聞いています。将来商業的にも価値が出ると考えられたようですね」

「だからって……道が整備されてなくて自動車では行けない空の城なんて、ホテルにするにしたってあまりに不便すぎるわ」

それにシュヴァルツェンベルク城は曰くつきの城だ。

――今から百年前、あの古城で怪事件が発生した。

城主である当時の子爵から使用人に至るまで、全員が一斉に死んだ。

ある者は首を吊り、ある者は惨殺され、一人の例外もなく死んでいた。

当時の城で一体何があったのか。何が理由でそんな事件が起きたのか。

……未だに全てが謎のまま。

だというのにアインホルン家の新伯爵になった兄は、そんな薄気味悪い城を「教会で祓ってもらえばホテルか観光施設として使えるだろう」と言って、亡父から継いでしまった。

そして明日、祓魔師を呼んでお祓いを行う『祓い会』を城で行う計画を立てた。

だけど兄本人は、急遽予定が合わなくなったというオチがつく。

アインホルン新伯爵としての仕事が忙しくなったせいだ。おかげで私が代理で『祓い会』の立ち会いに行く破目になってしまった。

「はぁ……憂鬱だわ、今すぐにでも帰りたいわ」

「ヘルミーナ様ったら、まだ言っている。私は嬉しいですよ。おかげでこうやって、ヘルミーナ様と一緒に旅行できたんですもの」

「そ、そうよね。私もシャルと旅行できていること自体はとっても楽しいわ！」

せっかく落ち着きかけていたのに、今のは不意打ちでしょう⁉

確かに私も楽しかった、実家を出てから今日までの三日間、本っ当～に楽しかった。心地の良い充実感と、胸の高鳴りに満ちたシャルとの旅。

最近の私は不眠に悩まされていて、睡眠時には薬を服用している。

今回の旅でも一応持ってこさせたけど、この三日間は特に必要なかった。

こうしてシャルと過ごしている時は、心の底から楽しい。嫌なことが忘れられる。

もっとも、忘れたところで解決はしないんだけどね……。

「レオンハルト様たちは、もうご到着なさっているのでしょうか」

レオンハルト＝フォン＝エーベルヴァイン公爵令息。私の婚約者。今回の『祓い会』には彼も来ることになっている。

婚約が決まってからもう半年が経っている。いつまで経ってもぎこちない私たちを見かねて、兄が仲を深める良い機会だと勝手に取り計らってしまった。

本音を言うなら彼には来てほしくない。何か急遽予定が入って来られなくなったとか、そういう奇跡が起きればいいのに……でも、そんな願いは空しい。

「……いるわ、絶対いる。もう到着して、悠々と荷解きしていると思うわ」

「？　どうしてそう分かるのですか？」

「だって、道路に車輪の跡があるじゃない」

田舎道は舗装されていない。

私たちが通る土の道には、いくつかの馬車の車輪の跡が残っている。

その中でも特段目立つのは、やたらと車幅が広くて車輪も太い馬車が通った跡だ。

「こんな車幅の広い馬車を使うのはレオンぐらいしかいないでしょ。豪華な馬車に違いないわ」

「ああ……なるほど、言われてみればそうですね」

とにかく私は憂鬱だった。これから数日間、人里離れた古城であの人と一緒に過ごすのか……。性格、合わないのよねぇ……。

「ヘルミーナ様、よくそんな細かいところまで目が届きますね」

「細かすぎるから駄目なのよ。こういうところで今まで散々失敗してきたんだから」

嫌なことを思い出して、私は溜息を吐く。

貴族の令嬢ともなれば、家の為に結婚するのが当たり前。

だけど私は昔から、もっと自由に生きていきたいと思っていた。

女だからという理由で、色んな事を制限されたくないし、生き方を決められたくない。

でも、そうなるとアインホルン家は頼れない。自活する力を養わなければならない。

手に職をつけて、一人で生きていけるだけの経済力を身に着ける必要がある。

私は考えた。どうすれば経済力を身に着けられる？

お金を手に入れるなら仕事をしなくちゃいけない。じゃあ、何の仕事をしよう？

……都会では娯楽小説の一つとして探偵小説が流行（はや）っている。私も子供の頃からずっと愛読していた。

そうだ、探偵小説の作家を目指してみよう。そう考えた私は、王国の最高学府である宮廷学院を受験した。

宮廷学院なら様々な専門知識が身に着く。それは作家をする上で力になると思った。

私の愛読する探偵小説には、言語学が得意な探偵もいる。探偵が失われた古代言語からメッセージを読み解き、事件を解決に導くシリーズだ。

あのシリーズのおかげで、私は言語学にも興味を持った。だから学院では言語学を専攻して、古代言語を研究することにした。

言語学を学んでいれば、仮に作家がダメでも翻訳の仕事にありつけるかもしれない。

そう考えた私は必死に勉強して、学院に見事に合格した。

——が、きっとそこが私の人生のピークだったんだろう。

「……ご婚約にあたって宮廷学院を退学されてしまったこと、後悔なさっていますか？」

「……ううん、もういいのよ。うまく立ち回れなかった私も悪かったんだから」

宮廷学院の生徒の大半は男子生徒。女子生徒は私を含めて数人だけだった。

そして学院の生徒は、名門の子弟ばかり。つまるところ封建的な価値観に適合し、まったく違和感を覚えない人ばかりだった。

そんな彼らにとって、私のような女は異物にしか映らなかったらしい。

それに対して反発したり、必死で勉強したり、とにかく頑張った。

その結果、より露骨に嫌われるようになってしまった……。

さらに追い打ちをかけるように、今から八ヵ月ほど前に父危篤の報せが王都に届いた。

急いで実家に戻ったところ、父はもう長くないと一目で分かった。

母は幼い頃に亡くなっていたから、父は私にとってたった一人の親だった。

弱った父は、私に結婚相手を見つけるようにと求めた。

……それが最期の願いであることは分かっていた。

私は自由に生きたいと願い、自分なりに夢を抱いて頑張ってきた。

そのせいで衝突することもあったけど、それでも父が嫌いだったわけではない。

最期くらいは安心して逝って欲しい。……そう思った私は、気が付いたら頷いていた。

……それからの出来事は、他人事のように進んでいった。

レオンハルトとの婚約。両家の顔合わせ。安心した父の死に顔。しめやかな葬儀。

さながら知らない誰かの人生に迷い込んでしまったみたいだった。

「……ヘルミーナ様は、ご婚約されたことも後悔していらっしゃいますか？」

「だから、もういいのよ。誰もが自分の望み通りの人生を送れる訳じゃないんだから」

達観ではなく諦観の言葉を告げる私に、シャルは何も答えず窓の外へ視線をやった。

「あ、ヘルミーナ様、お城の門が見えてきましたよ」

シャルの言葉で、私も視線を窓の外へと向ける。

視線の先には、三百年以上の昔に建てられた古城が聳え立っていた。

一言で表現するなら重厚。がっしりとして存在感のある堅牢な城。敷地一帯を囲う城壁も分厚く、機能性第一で設計された城だというのが一目で理解できる。

ハンメルドルフ村を出発して馬車に揺られること約二時間。悪路を抜け、私たちはようやくシュヴァルツェンベルク城に到着した。

城門を抜けると建物の前で馬車が停まる。

私は馬車を降りる。ゆるくウェーブがかかった黒髪が風に揺れた。

赤い瞳と同色のドレス、頭にはヘッドドレス。編み上げのブーツの底が、馬車のステップをぎし、と踏みしめた。

「やあ、ヘルミーナ！　到着は私たちの方が早かったな！」

「レオンハルト。もう到着していたのね」

馬車を降りると、蜂蜜色の髪に同色の瞳を持つ美青年が待ち構えていた。思った通りだ。やっぱりもう到着していた。

婚約者のレオンハルト＝フォン＝エーベルヴァイン。年齢は二十一歳。

黒地に金の刺繍が施された豪奢な上着に、高価なレースをふんだんに使用したシャツ。臙脂色のズボンが長い脚を包み、本革のブーツを履いている。

「我々も先程到着したのだよ。そうしたら窓から馬車が走ってくるのが見えたので出迎えに来たのさ。はっはっは！」

「ありがとう、感謝しますわ」

レオンは公爵家の嫡子として有名だ。社交界の華と謳われ、女性からの人気も高い。

でも私は彼を見ても結婚したいという気持ちが湧いてこない。特別な感情を抱いたこともない。

どうせ誰かと一緒に暮らすのなら、ずっとシャルと暮らせたらいいのに。はあ……。

「ヘルミーナ様、お荷物をどうぞ、俺がお預かり致します」

すっと姿を現した執事が私の荷物を受け取る。

「クリストフ、あなたもいたのね。ええ、お願いするわ」

クリストフ＝シュミット。レオン付きの執事で、常にレオンの側に控えている。

常にレオンの陰に隠れていたから気付かなかったけど、こちらも顔馴染の青年だった。

黒い髪に青い瞳。こちらも長身でスマートな好青年だ。聞くところによると、私と同じ十八歳だそうだ。

常に礼儀正しい態度を崩さない。しかし青い瞳の奥には、人を射すくめる冷たさが見え

隠れしている。

「我々は一足先に到着していたのでね。使用人たちとの顔合わせも済んでいる。君にも紹介しようじゃないか！　君はこの城へ訪れるのも、使用人たちと会うのも初めてだろう？手配はすべて君の兄が行ったそうだからな。——ほら、皆、集まりなさい！　ヘルミーナお嬢様のお出ましだぞ！」

レオンは大声を張り上げる。彼の言動は、まるで自分こそがこの場の主人であると主張しているみたいで少し不愉快だった。

この場にいるのが兄だったら、レオンはこんな態度を取らなかったに違いない。

「ヘルミーナ＝フォン＝アインホルン様、お待ちしておりました」

レオンの声に誘われるように、女性が二人集まってくる。

兄は今回の『祓い会』に備えて、三人の使用人を集めたと言っていた。

灰色の髪をお団子にまとめた背の高い年配の女性が歩み出た。

「わたくしはヤスミン＝ミュラーと申します。シュヴァルツェンベルク城のメイド長を務めております」

「兄から聞いていますわ。これから一週間の滞在期間中、よろしく頼むわね」

ヤスミンは五十歳ぐらいだろうか。灰色の髪に灰色の瞳。切れ長の一重瞼は理性的な印象の女の人だ。

服装は黒を基調としたシックなメイド服で、丈の長いスカートを穿いている。

「こちらは見習いのハイディ＝フックスでございます」

「初めまして～！　ハイディ＝フックスで～す！　普段はハンメルドルフで実家の牧場を手伝っているんですけど～、人手が足りないそうなのでお手伝いに来ました～！　都会の貴族サマとお知り合いになれるなんて光栄ですぅ！　よろしくお願いしまーす！」

「これ、ハイディ！　なんという口を利くんですか！」

「え～、ダメですかぁ？　レオンハルト様は喜んでくださいましたけど～？」

「レオンハルト様、甘やかしすぎないでくださいまし。この子はあまり躾がなっていない娘でございます。甘い顔をしては付け上がります」

　ハイディは長い赤髪を二つ結びにした少女だ。大きな紫色の瞳が愛らしい。

　服装は、基本的にヤスミンと同じデザインのメイド服。だけどスカートの裾は短めで、白いタイツに包まれた細い足が際立っている。

　言葉遣いがなっていないけど、臨時手伝いの娘だから大目に見ようと思う。

「良いではないか。こんな陰鬱な田舎には明るい娘がいてくれると助かる。君もそうは思わないかね、ヘルミーナ？」

「陰鬱な田舎で悪かったわね。一応この城はアインホルン家の資産なのだけど」

「おや、これは失礼した。悪気はないので聞き流してくれたまえ」

　レオンは少しデリカシーがない。失礼なことを平気で言う。そこまで悪い人ではないと思うのだけど、こういうところがかなり苦手。

「お二人にも失礼しましたわ」

「お気になさらないでくださいまし」

「ハイディちゃんも気にしてませ～ん。ていうか、この辺ってマジでド田舎だし？　レオンハルト様って正直なお方ですね～！　面白いです～！」

「ハイディ‼」

「きゃはは、ヤスミンさんが怒った～！」

いや、今のはさすがに怒るのも当たり前でしょう。

目上に対する態度も言葉遣いもなっていないというか……。

まあ臨時手伝いだから、滞在期間中だけ我慢しましょう……。

「ところで兄からはもう一人、使用人がいると聞いているのだけど」

「ああ……はい。庭師がいるのですが少々変わった男でして。突然お目にかけて皆様を驚かせるわけにはいかないと考えまして」

「変わった男？」

「驚かないでくださいましね。ウルリッヒ！」

ヤスミンが呼ぶと、建物の陰から長身の人物がぬっと現れた。

「っ⁉」

思わず息を呑む。

百八十センチはある巨軀。それだけでも威圧感があるのに、さらに異様なのは頭部だ。

男は頭に狼の剝製を被っている。その剝製はとても精巧にできていた。ほんの一瞬、狼男が現れたのかと見間違えるほどだった。

獣面人身。半人半獣。狼男——そんな言葉が頭を過ぎる。

硬直している私たちを後目に、ヤスミンが淡々と紹介を始めた。

「この男はウルリッヒと申します。以前、猟銃を扱っている時に事故で顔に酷い怪我を負ってしまいまして。御覧の通り狼の皮で作った仮面を被っております。少々変わった男ですが、庭師としての腕は確かでございます。ウルリッヒ、ご挨拶なさいな」

「ウルリッヒ、です。庭師を、しています。酷い傷跡があって、二目と見られない醜い顔なので、被り物をしています」

ウルリッヒの声は意外にも理性的で優しいトーンだった。

話が通じる相手なら、そんなに怯える必要もないわ。警戒心を解く。

「事情は分かったけど、もう少しまともな被り物はないの？　その狼頭は心臓に悪いわ」

「ご、ごめんなさい……でも、この被り物をしていると、安心できるから……」

「安心？」

「は、はい……」

「そう……なら無理強いはしないわ」

見た目に反して気弱でおとなしそうな男の態度に、私は小さく溜息を吐いた。

「……つくづくこの城は陰鬱だな。使用人まで不気味だとは」

レオンは溜息を吐き、前髪をかき上げる。

その点は私も同感だけど、だったら無理して来なければ良かったのに。

私とシャルは一旦レオンや使用人たちと別れ、二階に用意された部屋に向かう。

私たちには一人一室が用意されている。もちろんシャルとも別々の部屋だけど、荷解きを手伝う為にシャルも一緒に部屋に入ってくる。

旅装を解き、荷物を置くとやっと一息つけた。

「はぁ……疲れたわ。挨拶するだけで疲れたわ。こんなところで、あんな人たちと一緒に数日間も過ごすなんて考えるだけで憂鬱だわ」

「まあまあ、そう言わないでください。よく話せば良い人たちかもしれませんよ。第一印象で相手を決めつけてしまうの、ヘルミーナ様の良くないところですよ」

「むぅ……それはそうかもしれないけど」

「見てください、庭が綺麗(きれい)ですよ。あのウルリッヒという人の仕事でしょうね。繊細で丁寧な仕事ができる人なら、きっと悪い人じゃありませんよ」

「ふーん……どれどれ」

シャルは窓辺に立って庭を眺めていた。私も隣に並んで見下ろす。

背の高い城壁の内側には、小さな池、菜園、花壇、葡萄(ぶどう)の棚、鶏の飼育小屋がある。

花壇には夏の花が咲き、池の水も澄んでいる。よく手入れされている証拠だ。

全部あの男が一人でやっているなら、確かに大した仕事ぶりだわ。

「そうね。あんまり悪いことばかり考えるのは心に悪いわ。切り替えていきましょう」

「それでこそヘルミーナ様です」

すぐ隣で微笑むシャルを見て、私の胸が高鳴った。

彼女の背後にはベッドが見える。寝室、二人きり、ベッド……いや待ちなさい、私は何を考えているの。邪な気持ちを打ち払おうと、頭を左右に振る。

「ヘルミーナ様？」

「な、なんでもないわ……そうだ、せっかくだし城の中を散策してみようかしら？」

「気分転換に良さそうですね。私はヤスミンさんたちをお手伝いするので、散策にご一緒できませんが……」

「いいのよ。夕食楽しみにしているわ。こんな場所だし、人も少ないし、主人も使用人も関係なく皆でテーブルを囲みましょう」

私たちは部屋を出る。実家を出る時、兄から城の見取り図と部屋割り表を渡された。それを見ながら散策しようと二階のロビーに差し掛かったところ、階段を上ってくる老人と出くわした。

ウルリッヒが荷物を抱え、老人は後からついてきている。私たちに気が付くとウルリッヒは脇に避け、老人は軽く会釈をする。

「これはこれは。ヘルミーナ様ですかな？」

「ええ、そうですが、あなたは？」

「儂はアルトゥール＝クラインと申します。このたび教会から派遣された祓魔師です。ただいま到着しました」

「まあ、そうでしたのね。この度はお招きに応じて頂き、ありがとうございます。ヘルミーナ＝フォン＝アインホルンですわ。どうぞよろしく」

クライン氏は六十歳の男性だと聞いている。聖職者の祭服に身を包み、豊かな白髪をたくわえている。

灰色の瞳が煌めいた瞬間に、心の奥まで見透かされるような迫力を感じた。

でも、それも一瞬のこと。クライン氏はすぐに柔和な笑みを浮かべる。

「『祓い会』は明日の予定でしたな。お恥ずかしい話ですが、この老体には旅がちとこたえてしまいましてな。夕食まで休ませて頂いてもよろしいでしょうか」

「ええ、もちろんです。ゆっくり旅の疲れを癒してください。そうだ、飲み物でも用意させましょうか？　このシャルロッテの淹れるお茶は絶品なんですよ。疲れが取れますわ」

「そうですな、ではお言葉に甘えましょうか」

「分かりました。ウルリッヒ、クライン様をお部屋まで案内してちょうだい。シャルもお茶をお願いね」

「はい、ヘルミーナ様」

「か、かしこまり、ました」

クライン氏はウルリッヒに案内されて部屋に向かい、シャルは一階の厨房にお茶を淹れに行く。

　一人になった私は階段の踊り場で足を止め、サロンの方角を見上げた。

「祓魔師……ね」

　何も今の時代に——と、思わないでもない。でも世間に、アインホルンは気味の悪い城を所有していると陰口を叩かれるのは厄介だ。そう考えた兄の対策だ。

　兄はこの城を、ゆくゆくは富裕層向けの宿泊施設として利用したいと考えている。

　しかし怪事件のあった城のままでは嫌がられる。だから祓魔師に祓わせて、もう安心だと世間にアピールしようとしている。

　私とレオンの婚約と大差がない。世間体の為のポーズ。儀礼。因習。茶番。デモンストレーション……そう考えるとあの祓魔師にも同情心が湧いてきた。

　何にしても、これで全員が揃った。

　夕食まで時間がある。私は兄から受け取った見取り図を参考に、散策を再開した。

　兄は半年前、城を相続した直後に一度この城に来て、内部を確認している。その時に内装工事を入れたから、城内は手入れが行き届いていた。

　一階にはヤスミン、ハイディの部屋、厨房に食堂。厨房の下には備品や食料を保管する地下室がある。ウルリッヒは外の小屋で寝起きしている。

　二階には私、シャル、レオン、クリストフ、クライン氏の部屋がある。

　三階は全室が空き部屋で、今回は鍵がかかっている。空き部屋の鍵は普段はヤスミンが、今は私が管理している。

三階の一角には図書室がある。百年前の貴重な蔵書がそのまま残っているらしい。少々興味を惹かれたけど、読み始めると時間を忘れてしまうかもしれない。明日以降に立ち寄ってみよう。

「ふう……」

一通りの散策を終えると、そろそろ日が傾きかけていた。

辺境の田舎、森に囲まれた城の夜は早い。

懐中時計を開いて確認すると、時刻は午後五時前。そろそろ夕食の時間だ。私は食堂に向かった。

高い天井から吊り下がったシャンデリアが、広々とした食堂全体を照らしている。十人程度は楽に座れるテーブルに、煉瓦造りの暖炉まで、随分と趣向が凝らされた立派な食堂だ。もっとも今は夏だから、暖炉の出番はないけれど。

暖炉の上の壁には猟銃が額縁と共に飾られている。

テーブルにつくと夕食が始まる。テーブルには、こんな田舎では意外なメニューが並べられた。

エスカルゴの香草バター蒸し。自家製ソーセージのザワークラウト添え。オニオンスープに仔牛のシュニッツェル。

新鮮な素材の良さを活かした味付けは、あっさりしているけど満足度が高い。デザートには地元で採れたベリー類のトルテが振る舞われた。

「このトルテ、とてもおいしいわね。甘さと酸味のバランスが良いし、生地もちょうど良い感じに焼きあがっているわ。ヤスミンが作ったの？」

「いいえ、ハイディが作りました」

「ハイディが？」

「あはっ、こう見えてお菓子作りは得意なんですよ～！　ねね、ヘルミーナ様。アタシの腕は都会でも通用すると思います？」

「え？」

「もし通用するのならお菓子職人に弟子入りしようかな～って。アタシ、将来は王都か州都でお菓子職人になってみたいんです！　こんなド田舎で一生を終えるのは嫌ですしね～」

「ハイディ、いい加減になさい」

ハイディの言葉を遮ったのはヤスミンだった。ヤスミンは冷たくハイディを睨んでいる。

「奉公に出るのなら、その口調と態度は改めなさい。ヘルミーナ様やレオンハルト様が優しいからといって調子に乗るんじゃありませんよ」

「あはははっ、ごめんなさ～い！」

「まったく……失礼いたしました」

「いいのよ、ハイディの話が聞けて良かったわ」

いい加減な子だけど、お菓子作りの腕は大したものだ。

彼女が本気で職人を目指すなら、王都かアインホルン領の職人に案内状を書いてあげてもいいかもしれない。

食事が終わると、シャルがコーヒーを淹れてくれた。

「ありがとうございます～！　何気にハイディちゃん、コーヒー飲むの初めてなんですよね～」

「あら、そうなの？」

私の疑問にヤスミンが頷く。

「この辺りではあまり出回りません。わたくしも口にする機会はございませんでした」

コーヒー豆はこの国では栽培されていない輸入品だ。

都会ではコーヒーショップが乱立しているけど、田舎では珍しいものね。

「かなり苦いからお砂糖やミルクを使うといいわよ」

「うへぇっ、ホントだ～……」

私とハイディは砂糖とミルクをたっぷり加える。シャルとレオンとヤスミンは砂糖を一つ。クリストフとクライン氏は何も入れずに飲んだ。

「ウルリッヒは外の小屋で食事をしているのかしら？」

「はい、そうでございます。先ほど厨房に食事を取りに来たので渡しておきました」

今回、この広い城にはたった八人しかいない。

せっかくだから全員集まって食事をしようと提案したのだけど、彼は素顔を見られたくないと言って固辞した。

「あの男は素顔にひどい傷があるのだろう？　食事に同席されたら食欲が失せてしまうかもしれんな。断られて良かったではないか」

「レオン、いくら本人がこの場にいないからってそんな言い方は良くないわ」

「おっと失礼。この城の空気というやつかな。どうにも気が立って仕方がなくてね」

レオンはコーヒーを飲む。

彼のデリカシーのない発言に、食堂全体に白けた雰囲気が広がった。

「……そろそろ切り上げましょうか。明日の正午から『祓い会』が行われます。皆さんもお立ち会いくださいね。クライン様、明日はよろしくお願い致します」

この場を打ち切るようにそう告げると、皆は各々の部屋に戻っていく。私も自室へと戻り、扉の前でシャルと別れた。

「それではヘルミーナ様、おやすみなさいませ」

シャルは私が部屋に入るのを見届けて、隣にある自分の部屋に入っていった。

各部屋の洗面所の奥にバスルームがある。

広いバスタブに、タイルが敷かれた床。床には排水口もちゃんとある。

洗い場には石鹸とタオルが用意されていた。バスタブには温かいお湯が張られている。

私たちが食事している間にウルリッヒが用意してくれたんだろう。

寝る前に汗と汚れを落としたい。私は服を脱いで、洗面所の鏡の前に立った。

白い肌にくびれたウエスト。すらりと伸びた手足。客観的に見て、自分の体は悪くない体つきだと思う。……一部を除いては。

「ここだけ全然育たなかったのよね」

自分の胸に手を添えて、乱暴に揉む。そこには辛うじて摑める程度の膨らみしかない。

「……理不尽よね」

たっぷりとお湯を満たしたバスタブに身を沈める。

寝そべって力を抜くと下半身がお湯に浮いた。当然の如く、胸はちっとも浮かばない。

「はあ……もう本当に色々理不尽よ」

年下のハイディだって私より大きかった。服の上からでも分かる。私より大きかった。

シャルは言うまでもない。

ハイディの胸はリンゴぐらいで、シャルの胸はメロンぐらいのサイズがある。

一方で私はなんだろう？　それこそベリーとか？

……って、何をバカなことを考えているのよ。

くだらない思考を重ねて入浴していたせいか、なんだか眠くなってきた。

体を洗って、泡を落として、タオルで拭いて、ネグリジェを着てベッドに入る。

真新しいシーツの匂いと感触が心地よい。私はすぐに眠りへと沈んでいった。

【二日目・朝】


瞼越しに光を感じて目を開くと、見慣れない天井が飛び込んできた。

「おはようございます、ヘルミーナ様」

部屋の入口にはシャルが佇んでいた。彼女はいつも朝になると私を起こしに来てくれる。

見慣れた朝の光景。シャルが起こしに来ると思えば、朝を迎えるのが楽しみになる。

「おはようシャル。あれ、ここは……」

「シュヴァルツェンベルク城ですよ。ヘルミーナ様ったら、お忘れですか？」

「あっ、そうだったわね。今何時？」

「午前五時半です」

「そう」

大きく伸びをする。なんだろう、今日は頭が重い気がする。

「枕が変わったせいかしら。あまり疲れが取れていないわね」

「モーニングティーでも淹れてきましょうか？」

「ええ、お願い。シャルのお茶は美味しいから楽しみよ」

「ふふ、かしこまりました」

シャルはふわりと微笑むと、部屋を出ていく。

薄い茶髪のショートボブが、窓から入る朝日を浴びてキラキラ輝いていた。

扉が閉じるまでシャルの姿を見守る。そして窓の外に目を移す。

今の時期、シュヴァルツェンベルク城は日が昇るのが早いようだ。

ぼんやりと着替えもしないで待っていると、シャルが戻ってきた。

「お待たせしました。ミントティーを淹れてきました。目覚ましにピッタリですよ」

「ありがとう。ストレートでいただくわね」

シャルの淹れてくれるお茶はいつも美味しい。

すっきりした味わいのミントティーを飲むと、頭も冴えていくようだった。

けれどその時、平穏な朝の空気を引き裂く女の騒ぎ声が、窓の外から聞こえてきた。

「何事かしら？」

窓辺に立って見下ろす。庭にある飼育小屋前でハイディとヤスミンが言い争っているのが見えた。

「トラブルがあったのかしら？」

私は手早く身支度を整えると、裏庭に向かった。

「あなたたち、何を騒いでいるの？」

「！　これはヘルミーナ様！　実は――」

「……ちょっと、何よ、これ……？」

ヤスミンが視線を向けた先。その先を見て、私は言葉を失った。

飼育小屋の中にいた鶏がすべて首を落とされ、周辺が血で満たされている。

しかも問題はそれだけじゃない。

飼育小屋の地面や壁には、血で不気味な魔法陣のような紋章が描かれていた。

まるで獣、それも狼を象ったような禍々しい紋章……。

あらゆる人間の負の感情を掻き立てるような、忌々しい形。

見ているだけで気分が悪くなる。

思わず目を逸らしそうになった時、背後から鋭い声が飛んできた。

「こ、これは、まさか、邪神の紋章……⁉」

「えっ、クライン様？」

振り向くと、クライン氏が驚愕の表情で飼育小屋の中を睨んでいた。

「どういう意味ですか？　邪神とは一体？」

「邪神とは、我々の神である唯一神と対立する邪悪なる存在――一神教に牙を剝く異教徒が崇める、悪しき神のことです！」

「え……ええ」

「ヘルミーナ様、今すぐこの城にいる皆さんを食堂に集めてくださいませんか……⁉」

クライン氏の迫力に気圧され、私は周囲の人々の顔を見比べた。

ヤスミンは苛立たしげに腕を組み、ハイディは不安そうにあちこちを見回している。

少し離れた位置から、表情の分からないウルリッヒがこちらを眺めていた。

シャルは不安そうな顔で私に寄り添っている。その顔を見ると、不思議と冷静になれた。

――そうだ、私はこの城の責任者なのだから、しっかりしないと。

私たちは飼育小屋の前から移動する。

玄関ホールに入ると、騒ぎを聞きつけたレオンたちが一階に降りてくるところだった。

「ヘルミーナ！　朝から何の騒ぎだ⁉」

「レオンハルト。ちょうど良かったわ、これからクライン様が色々説明してくれるから食堂に集まってちょうだい」

これで城にいる全員が揃った。

すると、私たちの目に一斉に飛び込んできたのは――。

「なっ、なんだこれは⁉」

レオンが絶叫する。先に彼が叫ばなければ、私が叫んでいたかもしれない。

だって、真正面にある食堂の白い壁には、血塗られた飼育小屋にあったのと同じ形の血の紋章が刻まれていたから。

さらにテーブルの上には、昨日ここを立ち去った時にはなかったモノが置かれていた。

「……羊皮紙……？」

それは一辺が三十センチ程の大きな正方形の用紙だった。

今の時代にはほとんど見られなくなった動物由来の紙の一種。

表面には何やらびっしりと字が書かれている。

クライン氏は恐る恐る歩み寄り、それを手に取って書かれている文字列を読み上げた。

「――諸君らの中に、【悪魔】が二匹紛れ込んだ。悪魔は邪神に生贄を捧げるべく行動する。見た目は普通の人間と変わらず、判別できない。悪魔が行動できる時間は夜。一晩のうちに殺せる人間は一人のみ。悪魔は――」

「おい、ちょっと待て！　悪魔に邪神？　どういうことだね、クライン殿!?」

「は、レオンハルト様……。鶏小屋に描かれた紋章は、恐らく『邪神召喚の儀式』と呼ばれる儀式を始めるための紋章です。邪神とは、信仰が禁じられている邪教の神のこと。『邪神召喚の儀式』とは、邪教徒の間に伝わる禁断の秘儀でございます」

「邪神に邪教徒だと？　くだらない……おい、一体誰がこんな気味の悪い悪戯をしたんだ！　この城には我々八人しかいないのだから、誰かがやったはずだろう！」

「ちょっと、レオン……！」

「とにかく、まずは羊皮紙の内容を確認しましょう。何かヒントが隠されているかもしれませぬぞ」

私を含めた皆は頷き、クライン氏の手元の羊皮紙を覗き込む。

そしてクライン氏は羊皮紙の中身を読み上げた。それは要約すると以下のような内容だった。


『秘儀の十戒』
（一）城にいる八人の内、二人が邪神の眷属『悪魔』となる。

（二）悪魔は見た目では人間と区別がつかないが、夜になると人間を襲い殺害する。
（三）夜間、悪魔でない人間は一人で部屋に籠らねばならない。
（四）悪魔が人間を襲えるのは夜のみ。また一晩の内に殺せる人間は一人のみ。
（五）昼の間、参加者たちは『処刑投票』を行うことができる。処刑投票をすると決めた場合、その日の処刑が完了するまでは城から出ることはできない。
（六）『処刑投票』を行うと決めた場合、投票箱と投票用紙が出現する。
（七）参加者は処刑したい者の名前を用紙に一名だけ記入すること。日没までに投票すべし。白紙投票（棄権）も可能。
（八）投票の結果、得票数が最も多かった者が一人だけ処刑される。最多得票者が複数いた場合は決選投票が行われる。
（九）日没までに決選投票で絞り込めなかった場合、最多得票者全員が処刑対象となる。
（十）十戒（ルール）に反した行動を取った者は、人間陣営／悪魔陣営に関係なく死ぬ。

『秘儀の進行』
（一）秘儀が始まると、邪神の領域内にいる人間は外界との接触が不可能となる。今回は城壁内側が邪神の領域となる。
（二）参加者は昼に『投票』、夜に『悪魔の襲撃』を交互に繰り返す。
（三）人間陣営が『投票』にて、悪魔を全員処刑した場合は人間陣営の勝利となる。生存者は城壁の外に出ることが可能。
（四）悪魔陣営が生存者の半分以上を占めた場合、悪魔陣営の勝利となる。悪魔はその場で残りの人間を殺害して城壁の外に出ることが可能。

クライン氏は震える声で読み上げる。私たちはじっと耳を傾ける。

「……これが基本的なルールのようですじゃ。そして、この儀式には悪魔以外にも『役職』という特殊能力を持った人間が現れる……とあります」

さらに続けて語られた役職は、以下の通りだ。


『秘儀の役職』
（一）【予言者】。人間陣営に一人だけいる役職。寝る前に生存者を一人指定すると、翌朝その相手が悪魔か悪魔ではなかったかを判別できる。
（二）【医者】。人間陣営に一人だけいる役職。前日に投票で処刑された人物が、悪魔か悪魔ではなかったかを調べられる。
（三）【聖騎士】。人間陣営に一人だけいる役職。指定した相手を一晩だけ悪魔の襲撃から護衛できる。毎晩同じ相手を護衛することも可能。ただし聖騎士は自分自身を守れない。
（四）【崇拝者】。人間でありながら悪魔に利する行動を取る、ただ一人の人間。悪魔を援助する言動で場を翻弄する。予言者や医者が調べても『悪魔』とは判定されない。

「えっと、つまりどういうことですかぁ？　なんか一気に情報を浴びせかけられて、ハイディちゃんよくわかんにゃいんですけどぉ」

「……要するに、この場にいる八人に、『人間』と『悪魔』の役職を割り当てて、殺し合いをさせようということよ」

「えぇっ⁉　こ、殺し合い⁉」

「羊皮紙の情報によると、『悪魔』は二人いるそうね。しかも見た目では分からない。だけど悪魔は夜になると人間を殺す。殺されたくなければ昼の内に悪魔らしき人を見つけ出して処刑しろと書いてあるのよ」

「そ、そんなぁ⁉」

「細かいルールもあるようだけど、一番重要なポイントはそこよ。……諸々のルールは『人間と悪魔の殺し合いゲーム』を成り立たせる為のものでしょうね。とにかく、〝参加者に紛れている悪魔を殺すまで、このゲームは終わらない〟」

　私の言葉に食堂がしんと静まり返った。

　……別に私だって、邪神や悪魔を信じているわけじゃない。

　だけど自分たちの中に、こんな儀式を始めようとした者がいると思うとゾッとした。

　それは皆も同じようで、誰もが口を噤んでいる。

「……参加者に紛れている悪魔を殺すまで、このゲームは終わらない……」

ハイディが震える声で、私の言葉を繰り返す。

するとレオンが苛立たしそうに前髪をかき上げた。

「バカバカしい、どうせ誰かの悪戯だろう。クライン殿、そもそもあなたは『祓い会』の為にこの城へ呼ばれたのではないか。それなのに不安を煽り立てるようなことを言うのは感心しないな」

「……儂は事実を読み上げただけですが……」

「そもそも、儀式が終わるまで城から出られないなんて脅しもいいところだ。おいヘルミーナ、今すぐ城門の鍵を用意しろ！」

「え、ええ、分かったわ」

私たちは一度、正面の城門から外へ出られないか試してみることに決めた。

全員で正門の前まで行く。私が鍵を差し出すと、レオンはその鍵をひったくるように奪い取った。しかし鍵を鍵穴に差し込んだ直後、すぐに狼狽える。

「おい、なんだこれは⁉　鍵を差しているのに回らないぞ！　ヘルミーナ、この鍵で間違いはないのだろうな⁉」

「間違いないわ。本当に開かないの？　貸して！」

鍵を奪い取り、解錠できないか試してみる。……レオンの言う通りだった。鍵穴に挿し込めてはいるのに固まったように鍵が回らない。当然城門は開かない。

「くそっ、何故開かないのだ！　まさか、この鍵が錆び付いていて最初から使い物にならなかったということではあるまいな⁉」

「そんなはずはございません……。実際この鍵を使って昨日までこの城門の開け閉めを行っておりましたので……」

「落ち着いて、レオン。出入口はここだけではないわ、裏門から出ましょう！」

ヤスミンを責め始めそうなレオンを宥めつつ、私の胸にも嫌な予感が過ぎる。

私たちは人殺しゲームに巻き込まれた。そしてこの城門が開かないという現象も、儀式のルールによって開かなくさせられているのだとしたら……。


……嫌な予感は的中した。裏門も正門同様、鍵が開かなくなっていた。

裏門の扉は堅く閉ざされ、男が数人がかりで押しても引いてもピクリとも動かない。

体格の良いウルリッヒが手伝っても、扉が開くことはなかった。

「ヘルミーナ！　正門と裏門以外に出口はないのか⁉」

「……ないわ。見ての通り、この城は三百年前に要塞として作られた城よ。十メートル以上の高さのある城壁が城全体を囲っている。この高さの城壁を越えられる梯子はないわ」

「素手でよじ登ることは――」

「失敗したら落ちて死ぬ確率もあるわ……お勧めできない」

私だって何もレオンに死んでほしいわけじゃない。

やんわり諌めると、レオンは苛立ちを隠すことなく髪をかき上げた。

「ならば城壁そのものを破壊すればいい！　おい庭師！　鍬でも斧でもハンマーでも何でもいい、使えそうな物を持ってこい！」

「か、かしこまり、ました……！」

すぐさまウルリッヒが庭の倉庫へと走り、ありったけの道具を持ってくる。

レオンはその中から一番大きな斧を手に取り、城壁に何度も振り下ろす。しかし壁には傷一つつかない。

「……くっ、どうして壊れない――うわあッ⁉」

直後、斧が折れて刃がレオンの顔面向けて跳ね返ってきた。

顔面をそらしてそれをギリギリで避ける。刃は頬を掠り、一筋の血が垂れる。

避けなかったら死んでいた。その事実に私は思わず息を呑んだ。

――儀式が終わるまで儀式の会場から逃げることはできない。

――ルールに背こうとした者は死ぬ。

羊皮紙に書かれていたその文章が、改めて私の頭の中を過ぎる。

まさか、ルールに反して逃げようとした罰が当たりそうになったとでもいうのか。

「だ、大丈夫なの、レオン……」

「……あ、ああ……なんとかな……しかし……」

レオンは手の甲で、頬にできた傷から流れる血をぐい、と拭った。その手は震えていた。

手だけじゃない。体も震えている。プライドの高い彼が人前でこんなに怯えた姿を見せるなんて、本気で恐怖している証拠だ。

「……レオンハルト、一回皆で食堂に戻りましょう。多分この城には何らかの力が作用していて、もう普通の方法では脱出できないんじゃないかと思うの……」

「くそっ、どうしてこんなことに……！」

私たちは再び食堂に戻る。羊皮紙のルールを再確認する為だ。

壁に描かれた血の紋章はウルリッヒが掃除している。生臭い臭いが不快だけど、仕方がないから我慢する。

「……で、ヘルミーナよ。どうするのだ？　まさか、この羊皮紙のルールに従ってバカげた野蛮なゲームを始めるつもりなのか？」

レオンが皮肉っぽく私に尋ねてくる。

私はテーブルの羊皮紙に目を落としながら、何も答えられずにいた。

羊皮紙のルールに反したら死ぬというのなら、書かれているルールに従ってゲームを始めるしかない。

でもそのゲームとは、要するに殺戮（さつりく）の儀式。……軽々しく始めようと言えるわけがない。

「……あら？」

その時、〈秘儀の役職〉が書かれた羊皮紙の裏に、もう一枚紙が重なっていることに気が付いた。

紙同士がくっついていたらしく、もう一枚あると気付かなかった。

慎重に爪で引っ搔いて剝がすと、新たな記述が出てきた。

そこにはこう記されていた。――〈秘儀の中断条件〉。

「……！　みんな、これを見て！」

「どうした、ヘルミーナ？」

「ここに、儀式は中断できるって書いてあるわ！」

そう大声を張り上げた瞬間、食堂にいる全員が一斉に身を乗り出して羊皮紙に目を向けた。

「本当か⁉　どうやったら中断できるのだ⁉」

「ええっと……」

『秘儀の中断条件』
（一）　秘儀開始の初日、『投票』を実行し、全員が白紙投票を行う。
（二）　その上で『黒杯（こくはい）』を破壊する。この二つの手続きをもって秘儀は強制中断される。
読み上げた後、全員の顔を見回す。するとヤスミンが目を光らせた。

「この二つを行えば、誰も死ぬ必要はないということでございましょうか？」

「きっとそうですよ～、ヤスミンさん！　やりましたね、これで殺し合いなんかしなくて済みますよ～！」

ヤスミンとハイディの言葉に、食堂の雰囲気が少し和らいだ。

殺し合いなんかしなくても外に出られる方法がある。その事実に私たちは少し希望を見出した。

だけどクリストフの冷たい声が、直後私たちの間に割り込んでくる。

「……そんなこと、絶対にできませんよ」

「え、どうして――」

「八人全員が一人も記名投票を行わない。……本当にそんなことが可能だと思いますか？」

「……何が言いたいの」

「この中には悪魔が交ざっているのでしょう？　それなら悪魔は絶対に記名投票する。他の六人が白紙投票で棄権しても、悪魔の二票だけで人間を最多得票者として処刑できるのですよ。投票箱に入れるだけなら、誰が投票したのかも分からない」

「でもそれなら、投票前に全員の投票用紙が白紙だって確認すれば……」

「投票する瞬間にこっそり記名した紙と入れ替える等、誤魔化しはいくらでも可能です。

――今試しに聞いてみますか？　悪魔の二人は名乗り出てくださいと。白紙投票に協力してくれる前提なら、名乗り出ることにも協力してくれる筈ですよね？」

「……それは」

「それでは聞いてみましょう。悪魔の人は手を挙げて下さい」

クリストフの言葉で食堂全体は静まり返る。

――待つこと約一分。結局誰も手を挙げなかった。

「こういうことですよ。悪魔は人間には協力しない。既にゲームは始まっているのです」

「クリストフの言う通りだろうな。それにヘルミーナよ、仮に一つ目の白紙投票揃えができたとして、二つ目の『黒杯』を破壊するというのは一体何なのだ？」

「それは……」

私は何も言い返せず、口を噤んでしまう。食堂全体に再び重苦しい空気が流れた。

「あの、一つよろしいでしょうか、ヘルミーナ様」

「ヤスミン？　ええ、何かしら」

「投票自体を行わないというのはいかがでしょう？　羊皮紙には投票を行わなかった場合のペナルティが書かれていません。投票を行わなくてもルール違反にならないのでは？」

「それは断固反対です」

またしてもクリストフだ。さっきからやたらと口を挟んでくる。

「人間陣営が悪魔を処刑出来るのは、この昼の投票の時だけです。夜になれば悪魔が人を襲い始める。人が悪魔に対抗する唯一の手段が投票なのでしょう？　投票を放棄すれば悪魔が有利になるだけです」

しかし彼の指摘は、人間陣営が不利にならないようにする為のものばかり。

人間陣営の被害を最小限に抑えるという意味では、彼の言い分は正しい。

けれど――。

「だからって、まだ誰も死んでいないのに処刑投票を行うなんて……」

「そうだぞクリストフ、そうヘルミーナを苛めるな。彼女も難しい立場なのだ。なあ？」

子猫をあやすような声で問いかけてくるレオン。

その声音の裏に潜む嘲りに気付いた瞬間、私は思わず顔を顰める。

「それに先程は取り乱したが、そもそも悪魔が交ざっているということ自体が嘘なのかもしれない。門の鍵が使えなかったのは単なる整備不足という可能性もある。何らかの人為的なトリックである可能性もある。それなら誰も名乗り出なくて当然だ」

「トリック？　だとすれば、誰が何の為にそんなことを……」

「それは分からない。だがどんな理由があるにせよ、犯人の思惑に乗って我々が殺人投票を行うのは悪手だ。様子見で見送れるものなら、一度見送っても良いのではないかね？」

「……レオンハルト様がそう仰るなら、分かりました。賛同します」

「他の者はどうかね？　こんな野蛮な殺人投票、わざわざ進んでやることもないと私は思うが」

レオンが見渡す。レオンに異議を唱えようとする者は誰もいない。

私自身も彼のその考え自体に異論はなかった。

「……ところでクライン様。あなたは祓魔師なのですから、祈禱でこの邪神召喚の儀式自体を退けることはできませんか？　そもそもあなたは『祓い会』の為に招かれているんですもの」

「邪神の秘儀となると、儂一人ではどこまで立ち向かえるものか……しかし、分かりました。出来る限りのことはやってみせましょう」

「クライン様には当初の予定通り『祓い会』をやってもらいましょう。私たちはその間、城の中に『黒杯』とやらが隠されていないか家捜ししましょう」

「でもヘルミーナ様、『祓い会』に立ち会わなくていいのですか？」

「イレギュラーな事態だもの、仕方がないわ。夜まで時間もないのだし。二つのグループに分かれて、すべての部屋の捜索を行いましょう。クライン様の部屋も見させていただきますが、よろしいですか？」

「構いませぬとも」

話し合いは終わる。私たちは二つのグループに分かれて城内のすべての部屋を見て回る。

一つ目のグループは私、クリストフ、ヤスミン。こちらは一階と二階の私室を捜索する。

二つ目のグループはレオン、シャル、ハイディ、ウルリッヒ。こちらは一階の厨房や食堂を捜索する。

口裏を合わせて隠蔽が行われない為に、あえて近しい人同士は組ませなかった。

お互いに監視の目を光らせながら、部屋の中を虱潰し（しらみつぶ）に探した。

他人の私物を物色するのは気が引けるけど、そんなことは言っていられない事態だ。その代わりというわけではないけど、私の荷物はクリストフとヤスミンに確認してもらう。

「耳栓にアイマスクに睡眠薬……シャルロッテは不眠症なのですか？」

「その睡眠薬は私が飲むのよ。普段はシャルが管理してくれているの」

「ヘルミーナ様の私物は……探偵小説？　こういうのがお好きなんですか？」

「ええ、暇潰しに持ってきたの。馬車は揺れが激しくて読めなかったけどね。それよりクリストフ、あなたは随分多くの化粧水や美容液を持ち歩いているのね」

「レオンハルト様用ですよ。貴公子たるもの見栄えも大切ですからね」

「レオンらしいわね」

「ははは。……おや、これは胃腸薬。ヤスミンさんは胃の調子が悪いんですか？」

「ええ、何かとストレスが付き物ですから……おや、クライン様の荷物に聖水や聖書があるようですが。『祓い会』に使わなくて良いのでしょうか？」

「さっき予備だと言っていたわ。必要な道具は全部持っていったそうよ」

「うわっ、なんですかコレは？　木の実に変な石に編み紐……子供の玩具ですか？　この部屋、誰の部屋でしたっけ？」

「ハイディでございます。あの子は見た目よりずっと子供なんですよ」

「ウルリッヒの私室は外の小屋よね。行ってみましょう」

「……庭の手入れ道具ばかりで、私物がほぼありませんね」

「そういう性格なのでございます。私心や物欲といった感情を持ち合わせておりません」

「きゃあっ⁉　お、狼の生首……⁉」

「予備の剝製でございますよ。中身がくり抜かれています。ほら、持ち上げて御覧ください」

「ああもう、心臓に悪いわ……！」

私物を通して一人一人の個性は垣間見えた。けれど『黒杯』は見つからない。

そもそも『黒杯』という名前だけで、見た目も大きさも分からない物を探すのは至難の業だ。

それぞれの捜索を終えた私とレオンのグループは、玄関先で落ち合う。

「ヘルミーナ！　そちらはどうだ？　目ぼしい物は見つかったか？」

「いいえ、残念ながら何も……レオンハルトたちの方はどう？」

「厨房に黒いカップがあったから割ってはみた。……だが城門は相変わらず閉ざされたままだったな」

「そう……」

最後に二つのグループは合流して、三階にある図書室を調べる。ここは本ばかりだけど、もしかすると本棚の上とか隙間に黒杯が隠されているかもしれない。

——しかし結論を言うと、ここでも『黒杯』らしき物は見つけられなかった。

時間は有限だ。その後、使用人たちは仕事に戻り、夕方前には夕食が振る舞われる。

今日の夕食も昨日同様、新鮮な食材を活かした料理が並べられた。

「……ごちそうさま」

「もうよろしいのですか、ヘルミーナ様？」

「ええ、食欲がないの。そういうシャルだって残しているじゃない」

私やシャルだけじゃない。レオンやクリストフも食が進んでいない。

やっぱりみんな不安なんだ。結局半分も食べきれずナイフとフォークを置いた。

今夜の食堂にはウルリッヒだけではなく、クライン氏もいない。一晩中祈禱をすると言って部屋にずっと引きこもっている。

「ヤスミン、後でクライン様に食事を届けてあげて」

「かしこまりました」

食後は早々にそれぞれの部屋へと戻る。私が部屋に入る直前、シャルが声をかけてきた。

「今宵(こよい)はヘルミーナ様のお部屋で、寝ずの番に立ちましょうか」

「いいえ、大丈夫よ。きっと何も起きないわ。……それに羊皮紙のルール表に書いてあったでしょう。ゲーム中は部屋に一人でいなければいけないって」

「そうですが……」

「いいのよ、平気だから」

ルール違反をすると警告が飛んでくる。私たちは昼間そのことを味わったばかりだ。

もし何かが起きるなら、危険なのはシャルも同じだ。気持ちはありがたいけど、こんな時まで甘えるわけにいかない。強引にシャルを部屋に帰し、私は自室に入った。

「……本当に、何も起こらないといいんだけど……」

ベッドに横になると、急速に眠気が襲ってくる。私は睡魔に身を委ねた。

【三日目・朝】


……寝覚めは最悪だった。

窓の外がまだ薄暗いうちに、城中に甲高い悲鳴が響き渡ったせいだ。

「いやぁああああああああああああああああぁぁぁぁ――ッ！」

時計を見ると、まだ五時前。

それでも悲鳴に起こされた以上、無視するわけにもいかない。

ネグリジェの上にカーディガンを羽織り、部屋の扉を開いた。

「ヘルミーナ様！」

「シャル！　今の悲鳴は……？」

「は、はい、西の客室の方から聞こえたようですが……！」

「……行ってみましょう！」

悲鳴の方向に近付くと、レオンやクリストフ、ヤスミンにウルリッヒと遭遇した。

この場にいないのはハイディとクライン氏だ。さっきの悲鳴は若い女の声だった。

私たちは急いでクライン氏の部屋に向かう。

部屋の前ではハイディがへたり込んでいた。ただでさえ大きな瞳をさらに見開き、小鹿のように身を震わせている。

「ハイディ！　どうした、何があったのだ⁉」

「レオンハルト様っ‼」

レオンが駆け寄ると、ハイディがレオンに抱き着いた。

「可哀相（かわいそう）に、何があったのだね？」

「アタシ、仕事の前に朝の散歩をしていたんです。クライン様の部屋のドアが開いていたから、どうしたんだろうって覗き込んだんです。そうしたら――」

ハイディがクライン氏の部屋の中を指さす。

誘われるように室内を覗き込んだ私たちは、思わず息を呑んだ。

床一面に飛び散った血。むせ返るような悪臭。思わず吐き気を催しそうになる。

「うっ……！」

真新しいシーツの上には、クライン氏の遺体があった。

無惨に引き裂かれた喉。腹から引きずり出された臓物。壁と天井を彩る赤と黒の血。

昨日まで意思を持って動き、喋（しゃべ）り、笑い、意見を交わし合っていたのが嘘のようだ。

「……鶏小屋に描かれていたのと、同じ紋章だ……」

「え？」

クリストフの言葉に振り返る。彼は部屋の一点を見つめていた。

私たちもそちらに視線をやる。

クライン氏の部屋の壁には、血で描かれた紋章が残されていた。

＊

クライン氏の亡骸発見から小一時間が経った頃。私たちは食堂に集まっていた。

第一発見者のハイディは泣き続けている。そんな彼女に寄り添うように、レオンが隣に座る。

皆が皆、絶望的な顔をしていた。

クライン氏は祓魔師だった。昨日、出来る限りの努力をして邪神を祓うと言った。

そんな彼が無残な姿になって殺されていた。

殺害現場には、昨日見たのと同じ血の紋章が描かれていた。

彼の死は、昨日まで残っていた余裕を完全に打ち消してしまった。

全員がちらちらと疑心暗鬼の眼差しで他人を見ている。

「あのう……あれは、『悪魔』の仕業なのでしょうか……?」

小声でシャルが呟いた。……誰も答えない。異論を唱えない。その沈黙は、誰もがそう思っているという肯定の意味を持っていた。

「……一体誰が、こんなふざけたことをしたのですか?」

沈黙を破ったのはクリストフだ。彼は苦々しく顔を歪めて私たちを睨みつける。

誰も答えない。答えられない。クリストフは構わず続けた。

「いずれにしても、この中にいる誰かが昨夜人を殺したのは間違いないですよね？」

誰もがそう思っていたけど、明言できなかった事実。

それを口に出されたことで、ますます場の緊張が高まった。

「やはり昨日の内に投票を行っておくべきでしたね。悠長に様子見したせいで、悪魔を吊るす機会を一度見送ってしまった。昨日の昼に悪魔を一匹、今日の昼にもう一匹吊れば犠牲は最小限で済みました」

「でも、昨日はまだ誰も死んでいなかったわ……そんな言い方しなくてもいいじゃない」

思わず抗議した私をクリストフは冷たく見据える。

「そうですね。でもクライン氏は死にました。ヘルミーナ様、あなたはアインホルン伯爵の名代としてこの城を預かる責任者ですよね？」

「……ええ、そうだけど……」

「もし今夜、万が一にもレオンハルト様が殺されてしまった場合、あなたは『城の責任者』としてどのように責任を取ってくれますか？」

「それは……」

言い淀む私を見て何を思ったのか、クリストフはさらに追撃する。

「まさかこの期に及んで、投票に反対なんて言い出しませんよね？」

「それは、流石に……でも、処刑なんて野蛮な方法じゃなくても、犯人を見つけて縛っておくとか、そういうことでもいいんじゃないの？」

それこそ私の好きな探偵小説なら、そうする。犯人らしき人を殺す探偵なんていない。

だけど私の言葉は、クリストフに不信感を植え付けてしまったようだ。彼の表情が歪む。

「いいですか、今言ったように処刑見送りは人間陣営にとって不利になる行動です。なのにこの期に及んで反対するだなんて……失礼ですが、あなたは相当臭いですね」

「待って、それは暴論よ！　殺し合いのゲームに巻き込まれたからって、すぐに割り切れる訳がないじゃない。あなたみたいに考える方がどうかしているわ！」

自分が怪しいと言われて語気が荒くなる。しかしクリストフは冷静だった。

「そうですね、俺はおかしいかもしれません。だが人間陣営としては理に適った発言です。率直に言いましょう。ヘルミーナ様、あなたはかなり怪しく見えます」

「そんなのおかしいわ。あなたの言い分が人間陣営として間違っていないのは認める。だけどそこから私が怪しいと思うのは飛躍しすぎよ！」

「では逆に聞きますが、あなたは誰を怪しいと思っているんですか？　身の潔白を証明するなら真犯人を見つけ出すのが一番手っ取り早いですよ。探偵小説、お好きなんですよね？」

「……っ」

私の心がざわめいた。

考えろ、考えるのよ……怪しいのは誰？

クリストフ――は、違う。悔しいけどこいつは人間陣営として正論しか言っていない。

こいつに疑惑を向けるのは、自分が怪しいですと言っているようなもの。

だから別人じゃなくちゃいけない。

誰が怪しいの？　誰が？　今ある情報で怪しい人物なんて、そんな人は――。

「……探偵小説なら、第一発見者を疑うのがセオリーだけど……」

ようやく絞り出した私の言葉に、ハイディが顔色を変える。

「ちょっと待ってくださいよ！　それってアタシが怪しいってコトですか⁉」

「ヘルミーナ、今のは聞き捨てならないな！　ハイディはひどい死体を発見して傷付いているのだぞ、少しは気を遣ったらどうだ⁉」

突然ハイディを庇うように割って入ってきたレオンに、私はムッとする。

こいつ、私が糾弾されている時は庇いもしなかった癖に……。

「探偵小説のセオリーを言ったまでよ！　まだ最後まで話してないじゃない！」

「この状況でその発言は神経を疑うな。もう少し配慮しても良かったのではないか？」

「人が一人殺されたのよ！　あらゆる疑問は洗い出して潰しておかなければならないわ。気を遣って悪魔を逃がしたら危険になるのは私たちでしょう？　違う⁉」

「ひどい……！」

ハイディの瞳からは粒の涙が零れる。その涙を見て私はハッと冷静になる。

……いけない。焦るあまり、無駄に言わなくてもいいことを言ってしまった。

「前から思っていたが、やはり君は冷たすぎる。まるで氷のようだ。いいや、鉄の女か！　人間らしい血や情が通わない鉄の女。宮廷学院でもそうやって他の生徒たちから嫌われていたのだろう？」

「……それと今の話し合いに何の関係があるのよ！」

「あの凄惨な殺害現場を見ただろう。あれは血が通った人間にできる所業ではない。私は君が恐ろしい……ハイディよりも君が恐ろしいよ」

「まさかあなたまで、私が悪魔かもしれないと疑っているの⁉」

「……それは……」

「アタシはそうだと思います。だってアタシ、何もしていないのに……ヘルミーナ様、怖いです」

「何もしていない？　よくそんなことが言えますね」

次に口を挟んだのはヤスミンだ。呆れたように腕を組み、ハイディを見やる。

「あなたは一昨日から無礼な言動を繰り返していたでしょう。ヘルミーナ様は呆れていらしたのよ。あなたの言動が目に余ったのでしょうね」

「ヤスミンさんまで、ひどいです！」

「ひどい、ひどいと、あなたはそればかりね。少しはまともな受け答えができないものかしら」

「ヤ、ヤスミンさん。落ち着いて、ください」

食堂は話し合いを通り越して、ひどい修羅場になっていた。

狼頭のウルリッヒがヤスミンの袖を引く。ヤスミンは頭を下げて言葉を切った。

……気が付いてみると、私とハイディのどちらが疑わしいかという流れになっていた。

その後の話し合いでは水掛け論が続き——結局私たち二人以外に、処刑候補は挙がらなかった。

「皆様……夜は悪魔の時間でございます。日没までに処刑を済ませ、部屋に戻らなければなりません」

「分かっているさ、ヤスミン。さあ、投票を始めよう」

レオンが仕切るようにそう言った瞬間、テーブルの端でガタンという音が鳴った。

気付くと、テーブルの端に禍々しい獣の装飾がなされた黒い箱が出現していた。さらに隣には、小さな投票用紙も置かれている。

この場にいる全員が、投票の為の箱だと瞬時に理解する。そして疑問を挟む間もなく、投票が開始される。

全員が投票用紙を握り、最初に投票したのは私。私はあえて誰に投票するのか宣言しながら投票箱に票を入れた。

「……私はハイディに投票するわ」

でないと自分が殺されてしまう。

すると、私に倣ったように皆も宣言しながら投票する。

「私、シャルロッテもヘルミーナ様に従います。ハイディさんに一票」

「アタシはヘルミーナ様に投票しますっ！」

「ぼ、僕は……ヘルミーナ様に、一票、です……ごめん、なさい。だって、ハイディさん、泣いていたから……か、かわいそうで……」

「甘いですよ、ウルリッヒ。同情心は捨てなさい。……と言っても、一度投票した以上は仕方がないですね。わたくしはハイディに票を投じます」

私の背中に脂汗が伝う。膝の上で握った拳が小刻みに震える。

一縷（いちる）の望みを懸けてレオンを見た。しかしレオンの口から発せられたのは、無情な言葉だった。

「ヘルミーナよ。私は君を信じられない。君よりもハイディ＝フックスを信じる」

彼は私をまっすぐ見つめながら言い切った。

クリストフもレオンの決定に従い、私に票を入れる。

これで結果は四票対三票。

この瞬間、投票により私の処刑が決定された。

……それからの展開は、凄惨の一言だった。

私は死にたくない一心で醜態を晒（さら）した。

惨めに命乞いをしたけど無駄で、クリストフに取り押さえられる。

シャル以外の誰も、私を庇ってくれなかった。

……そして気が付けば、城の裏にある処刑台の上で横たわっていた。

「ヘルミーナ様……ごめんなさい、ごめんなさい……私、あなたを助けられなかった……！」

シャルは涙を零しながら、無理やり立たされた私を抱き締める。

血塗(ちまみ)れの顔に温かい涙が落ちてくる。

その温かさが、私の心をほんの少しだけ慰めた。

「いい、のよ……あなたにやってもらった方が、安心してあの世に行けるもの……天国にね。だって私は潔白ですもの」

「はい……罪なき人を死に追いやる私たちよりも、ヘルミーナ様は天国に近いでしょう」

「お喋りはその辺りにして、そろそろ処刑を始めてくれたまえ」

レオンハルトが私たちの最期の会話を、苛立たしげに遮った。


――そして私は、六人の男女が見守る中、処刑場で吊るされた。

首が絞まる。喉が潰され、息が詰まる。

その時、私は見てしまった。

私を見つめるレオン。彼の唇が三日月のような形を描いて、嗤っているのを。彼に寄り添うように、ハイディも歪な笑みを浮かべているのを。

まさか、あなたたちが【悪魔】だったの……⁉

だから私を嵌めて、私が死ぬ姿を見て嗤っているの……⁉

思わず涙が溢れる。しかし今更真実に気付いたところで、もう時は既に遅い。

視界が狭まり、赤く染まる。ぶつり、という音が聞こえた。

一瞬の衝撃の後、私の世界は暗転する。

なにもかも、すべてが暗闇に閉ざされ沈んでいく。

命が途切れる。ここで終わる。死んでしまう。

この瞬間、私はそう思っていた。

そう。この時は確かに──。

私が処刑によって殺されたのは、クライン氏の遺体発見から、わずか数時間後の出来事だった。

第二章　二周目

【二日目・朝】


「……っ⁉」

光を感じて目を開くと、見慣れた天井が視界に飛び込んできた。

窓からは暖かい光が注ぎ、全身を柔らかい布が包んでいる。

私はベッドに横たわっていた。恐る恐る起き上がり、そっと首元に手をやってみる。

……痛くない。

枕元の鏡に手を伸ばす。腰まで伸びた黒い髪。アーモンド型の赤い瞳。顔色が青ざめている以外、普段と変わらない自分が映っていた。白い首には、痣も傷も残っていない。

「……死んだ筈なのに、どうして私は生きているの……？」

「おはようございます、ヘルミーナ様」

「シャル……⁉」

振り返ると、部屋の入口にシャルが佇んでいた。

大きなエメラルド色の瞳が、私をじっと見つめている。

「どうしたのですか？　お顔色が優れないようですが……夢見が悪かったのですか？」

「夢……？　あれが夢ですって⁉」

あれほど感覚も感情も生々しく、苦痛に満ちた体験が夢だった筈がない。

そんなバカな。ありえない！ でも、ありえないのなら何故私は生きているの⁉

目を動かして室内を見渡す。……間違いない。ここはシュヴァルツェンベルク城で私が使っていた部屋だ。

「ここは……シュヴァルツェンベルク城、よね？」

「はい、そうです。私たちはつい昨日、城に来たばかりですね」

「昨日⁉ え、ちょっと待って……」

ただでさえ自分が生きている状況に混乱していたのに、その情報を聞いて更に頭が混乱する。

私たちがこの城にやってきたのは、昨日じゃなくて一昨日のはず。

一昨日の昼に城に到着し、昨日の朝に鶏小屋の紋章が発見され、邪神召喚の儀式が始まった。

そして一晩が経ち、クライン氏の遺体が発見され、ついさっき私は殺された。

しかしシャルの言葉を信じるなら、城に来て一晩経った次の日の朝に時間が巻き戻っているということになる。

生き返った上に、時間すら巻き戻っている……そんなの、ありえない。

混乱する私の様子を見て、シャルは眉を顰めた。

「旅の疲れが出てしまったのでしょうか……モーニングティーを飲めばスッキリするかも

しれませんね、急いで作ってきます、待っていてください」

「あ、待っ――――！」

シャルの駆け足の音と共に扉が閉まってしまう。

ぱたんと扉が閉まり、呼び止めようとした手が虚しく宙を切った。

……何が何だか分からない。

でも、とにかく冷静にならないと、まともに物事を考えられない。

モーニングティーが用意されるまでの間、何とか今の状況を整理してみよう……私は深呼吸を繰り返す。

「ん……？」

シーツの上、滑らせた指先に何かが当たる。

ざらりとした質感。手に取って確かめると、羊皮紙が現れた。

食堂にあったルールが書かれた羊皮紙とは違う。それよりもずっと小さな、メモ書きのような羊皮紙だ。

羊皮紙には拙い文字で、こう記されていた。

『刻ハ　巻キ戻ッタ。　コノ呪いヲ　終わらセテ　ホシい。　その為ニ　必要な情報ヲ　君に託ス。

【今回の役職人数】

・悪魔……二人
・崇拝者……一人
・聖騎士……一人
・予言者……一人
・医者……一人
・人……二人

【前回の役職】
・悪魔……レオンハルト、ハイディ
・崇拝者……ウルリッヒ
・聖騎士……クライン
・予言者……ヤスミン
・医者……シャルロッテ
・人……ヘルミーナ、クリストフ

【ヘルミーナ＝フォン＝アインホルンの今回の役職】
・人』

呆然とする私の手の中で、羊皮紙は霧となって消えた。
まるで最初から何もなかったかのように。

「刻は巻き戻った……？　……つまり時間が遡行したから、私が死んだ出来事が起きてないことになってるの……！　でも、どうしてそんなことが……」

頭が痛む。混乱する。理解に苦しむ。動悸が収まらない。常識では考えられない。

だけど、納得する部分もあった。

時間が巻き戻ったのなら、やっぱり私が味わったあの苦痛は、夢ではなかったのだ。

――私は確かに一度殺された。

しかし時が戻ったことで、私が死んだという出来事そのものがまだ起きていない。

同時に思い出されるのは、死の間際、レオンとハイディが私を見て浮かべていた嘲笑。

あの時の二人を思い出すと、頭の中が怒りで満ち始める。

今の羊皮紙の情報を信じるなら、レオンとハイディは悪魔だった。

つまり私は嵌められたのだ。許せない、あの二人……なんてことを……！

「お待たせしました、ヘルミーナ様。ミントティーを淹れてきました。目覚ましにピッタリですよ」

そこへ紅茶を用意したシャルが戻ってきた。

ショートボブの髪が、朝日を浴びてきらきら輝く。

私にとって、日常的で見慣れた光景。

けれど一度死を経験した今では、その光景がこの上なく尊いものに思えた。

「シャル……」

「はい？」

「シャルっ‼」

刻が巻き戻るなんて普通なら信じられない。

だけどその信じられないことが起きたおかげで、私はまたこうしてシャルに会えた。

込み上げる感情が抑えきれない。私は思わずシャルに抱き着いた。

せっかく淹れてくれたミントティーが絨毯(じゅうたん)の上に飛び散る。それでも構わず抱きしめる。

「ヘルミーナ様っ⁉」

「私、もう二度とあなたに会えないと思って……！　こうしてまた会えて、本当に嬉(うれ)しいわ……！」

「え……ええっと？」

「うわあああああああああんっ‼」

「……よしよし、怖い夢を見たのですね？　かわいそうに、もう大丈夫ですよ」

「ひっく、ぐすっ、シャル……なでなでだけじゃ嫌、抱っこもして」

「ふふ、しょうがないお嬢様ですね」

「いいから早くっ」

「はいはい。ぎゅー」

シャルは私を抱き締めてくれた。柔らかくて温かくて、いい匂いがする。大きな胸に顔を埋めていると、心が落ち着いてきた。

「大丈夫ですよ。あなたは私が守ります。何があっても、この先ずっとお守りします」

耳元で囁くシャルの声が、私の心に沁み渡る。

シャルだけは最後まで私の味方だった。私のことを庇ってくれたし、最後まで寄り添ってくれた。この子だけは信じられる。逆に言うと、この子以外は信じられない。

レオンとハイディは論外として、他の誰もが私の死を容認していた。

私は嘘なんかついていなかったのに、悪魔ではなかったのに。悪魔の方を信じて私を吊るした。

「さ、涙を拭いてください。ハンカチですよ」

「ありがと……ずびーっ」

「……」

「ぐすっ、シャルのおかげでだいぶ落ち着けたわ。ありがとう」

「私は何もしていませんよ」

「ううん、そんなことないわ。私はいつだってシャルに救われていたのよ……小さい頃から、変わり者の令嬢だと敬遠されて友達ができなかった私に、シャルはずっと寄り添ってくれたわ」

「ヘルミーナ様……」

もちろん侍女だから、というのもあるだろう。

でもシャルはどんな時も私の側にいて、いつだって優しくしてくれた。

シャルを抱く腕に力が籠る。私はシャルが大好き。この子と二人で生きていきたい。

「？　外が騒がしいですね」

その時窓の外から、騒ぐ人々の声が聞こえてきた。

二階の部屋から窓下を見下ろすと、使用人たちが騒いでいた。

私は、彼らがなぜ騒いでいるのかを知っている。

鶏小屋の鶏がすべて殺されたのだ。そして地面や壁に血の紋章が描かれている。

「シャル、着替えを手伝ってちょうだい。すぐに下へ向かうわよ」

「は、はい。ヘルミーナ様」

手早く身支度を終えると、私とシャルは部屋を出る。

――前回と同じ言動をすれば、私はきっと前回と同じように明日の処刑で殺されるだろう。

しかし私には前回の記憶がある。

この記憶を利用すれば、前回とは違う言動をすることで私が死ぬという歴史そのものを変えることができる。

今度こそは欺かれない。この異常なゲームに勝利して、シャルと二人で生き延びる。

悪魔はレオンとハイディ。

あの二人は絶対に許さない。今度こそ出し抜かれない。彼らが本物の悪魔なのだから今度こそ吊るす。前回殺された復讐を果たしてやるわ。

＊

目の前には白いクロスで覆われた長テーブル。椅子には八人の男女が着席している。

鶏小屋の紋章の発見から正午まで、前回とほぼ同じ経緯を辿った。

小屋の鶏がすべて首を落とされ、地面や壁に血で邪神の紋章が描かれていた。

食堂にルールが記された羊皮紙が現れて、全員が『邪神召喚の儀式』のルールを把握した。

レオンが城壁外に出ようとするも、呪いの力により城に閉じ込められたと判明。

そして現在、私たちは食堂でゲームを開始するか否かの選択を迫られている。

私は前回、投票の実施に反対した。その結果、クリストフの不興を買ってしまった。

今回はそうさせない。私は未来の情報を——悪魔が誰なのかを知っている。

レオンとハイディ。あの二人を吊るせばすべてが解決する。犠牲を最小限に抑えて、最短で儀式を終えられる。

私の狙いは、まずはレオンを投票で吊ること。

同じ悪魔でも、脅威度はハイディよりレオンの方が高い。レオンは立場があるから、場の流れを作ることが出来る。ハイディはそこまでの影響力はないから、後回しで構わない。

なんとか今日は投票を実行する流れを作って、レオンを処刑しなければ。

「一つよろしいでしょうか、ヘルミーナ様」

「何かしら、ヤスミン？」

「ご提案なのですが、投票自体を行わないというのはいかがでしょう？」

「却下よ。初日の投票を行わないと、悪魔に有利な状況になるわ」

ヤスミンは眉を顰める。クライン氏も苦々しい顔をした。

「本気ですかな？　あなたはこの城の責任者ですじゃ。アインホルン家が集めた人々を処刑すると言うのですか？」

「だからこそです。私には責任があります。今日と明日の投票で、それぞれ悪魔を一匹ずつ処刑すれば被害は最小限で儀式終了。聖騎士がうまく守ってくれれば犠牲ゼロにも抑えられるかも。しかし一回投票を見送れば、その分だけ人間陣営の被害が増える可能性が高まります」

「よく分かっていらっしゃいますね。見直しましたよ」

クリストフが感心したように言う。彼が今の言葉に同調するのは予想通りだ。

私の発言を聞いて、クライン氏が口を開く。

「苦渋の決断ですか……ならば仕方がありませぬな。尊重しましょう」

こうして前回とは異なり、処刑対象を決める議論が始まった。

まずはレオンが口火を切る。

「現時点で誰が怪しいかと問われると、判断に困る。既に起きた事件から容疑者を絞り込んでいってみようではないか」

「アリバイ確認ね。とはいえ、昨夜のアリバイは誰も証明できないのではないかしら」

「何故そう思うのだね、ヘルミーナ」

「私は昨夜ベッドに入るなり眠りに落ちたわ。普段寝つきは悪い方なのに明け方まで熟睡よ。聞けばシャルも同じだったそうだわ。もしかしたら、他の方にも同様の現象が起きていたのではなくって？」

「おっしゃる通りでございます。わたくしは昨夜、九時過ぎにベッドに入りました。普段はベッドに入った後も読書や編み物を続けているのですが、昨夜はそれらに手を出す余力さえありませんでした」

「アタシもです！　アタシって普段は夜更かしなんですよー。でも昨夜は九時過ぎには眠くなっちゃって。こんなのって子供の時以来ですー」

ヤスミンとハイディも同意を示した。他の人たちも同様だ。

「ヘルミーナ様はこの現象を、邪神の仕業とお考えですかな？」

「ええ。この儀式が、邪神によって設定されているものだと考えるならね。だから夜のアリバイは、誰も確立できない。第一、鶏だって殺されたのは昨夜のうちでしょう。あれだけの数を殺すとなると、相当騒ぐ筈よ。でも誰も気付かないくらい熟睡していたということでしょう？」

鶏の鳴き声は目覚ましに喩えられるぐらい耳につく。それなのに誰も目覚めなかった。

私の言葉に、皆は納得したようだ。

「うむ、筋が通っているな。だが今朝の行動から、怪しい人物に目星をつけることは可能なのではないか？」

「何が言いたいの、レオン？」

「今朝、犯人が犯行現場である鶏小屋を確認しに戻ったとは考えられないか？」

レオンハルトの言葉に、ヤスミンが片方の眉を吊り上げる。

「……わたくしを疑っておられるのですか」

「ヤスミン一人に限定するのではない。あの時間、現場の近くにいたのはヤスミン、ハイディ、ウルリッヒの三人だな」

「えぇっ⁉　アタシも疑われてるんですかっ⁉」

「ぼ、僕は……」

「ちょっとちょっと～！　なんで朝に散歩してただけで疑われなきゃならないんですか⁉　横暴ですよ、オーボー！」

レオンと他の三人が言い争うのを見て、私は密かに拳を握る。

……来た。この流れを狙っていた。

誰かを疑う発言をした人は、逆に真っ先に疑われる。前回の私がそうだったように。

今回はその流れを利用して、少しずつレオンに票を集めるよう誘導するつもりだ。

でも、少し意外だ。まだ誰も死んでいないのに、初日の段階でもこんな展開になるなんて。

　それにレオンがハイディを疑うのも意外だった。

　レオンは仲間の悪魔を切りにかかっているの？　それとも疑っていると見せかけているだけ？　真意はどちらにあるのかしら……。

「落ち着きたまえ、ハイディ。君を疑ってはいない。私が疑っているのはウルリッヒだ。彼なら道具の調達が容易で、何よりあの体格だ。大量の鶏を絞めるのも容易だったのではないかね」

　なるほど。一度ハイディも容疑者として挙げてから、他に逸らそうとしているのね。確かに今の会話の流れなら、ハイディだけ除外するのは逆に不自然だ。

　当然、ウルリッヒは大慌てで両手を振った。

「そんな、僕は違います……！」

「違うという証拠を示せるかね？」

「それは……っ！」

　レオンがウルリッヒに対して攻撃的になってきた。ここでウルリッヒを庇えば、レオンを孤立状態に追い込むきっかけを作れるかもしれない。

「待って、レオン。あなたの言っていることは印象論に過ぎないわ、証拠がない。今の情報だけでウルリッヒを疑うのは酷よ」

「ヘルミーナ様……」

ウルリッヒが狼の仮面を私に向ける。

仮面の下の表情は分からないけど、感謝されている気配を感じた。

「そもそもレオン、あなたの理屈は滅茶苦茶よ。あの時間、使用人なら鶏小屋付近にいても不思議じゃないわ。それなのに三人の中から犯人を見つけ出そうとするのは無理がある。レオン、あなた何を焦っているの？」

「何？　私が焦っているだと？」

「確かにレオンハルト様の発言はいささか性急に思えますな。今はまだ結論を急ぐべきではありませぬ」

クライン氏も私の意見に賛同した。レオンは言葉に詰まる。すかさずヤスミンも口を挟んだ。

「……まさかとは思いますが、使用人に嫌疑を向けさせて、ご自身から疑いを逸らそうとしたのでございましょうか？」

「なんだと？　どういう意味だ⁉」

「わたくしの穿ちすぎでございましょうか。そもそも貴族の方々は、我々平民の命を同等に見ておられないところがございませんか？　わたくしたちは仕事をしているだけなのに、真面目に働けば怪しいと疑われる。これほどつまらぬことはございません」

「お〜、ヤスミンさん言いますねえ！　でもちょっと分かるな〜。アタシもさっきの言い方にはムッとしたもん」

「……僕も、です」

なんと使用人三人がレオンへの反抗を示した。

……狙い通りにいった。ハイディまでレオンを責める側に回っているのは気になるけど。

ひょっとして今の時点では、お互いが悪魔だと理解していないのかしら？

悪魔がどうやってお互いを見分けるのかは知らない。もしかすると人を殺す夜になって初めて顔を合わせるのかもしれない。

もしそうなら、今の時点では連携が取れていなくても不思議じゃない。

何にしても、良い流れだ。このままいけばレオンを投票で吊るせる。

「皆様、ふざけるのも大概にしてください。レオンハルト様が悪魔である筈がないでしょう」

「根拠はあるのでございますか？　レオンハルト様が悪魔でないという根拠は？」

「……ヤスミンさんでしたね？　やけに噛みついてくるじゃないですか。実はあなたが悪魔なんじゃないですか？」

「疑われたから反論しているだけでございます。反論しなければ命に関わりますもの」

「そうですよ〜！　貴族は平民を疑ってもいいけど、平民は貴族に反論しちゃいけないんですか？　そんなのズルくないですか？　アタシたちに不利じゃないですか〜！」

「私もハイディに賛成よ。今は平民とか貴族とか、身分は関係ないわ。みんな対等に話し合うべきよ」

「ヘルミーナ！　君はどちらの味方なのだ⁉」

「わ、私は公平性を保とうとしているだけよ。立場の違いで有利不利が決まるのは良くないもの……」

私はわざと怯(ひる)んだふりをして見せた。おかげで私が恫喝(どうかつ)されて怯(おび)えたように、皆には見えただろう。レオンの心証がますます悪くなる。

公平性を保ち、数の多い平民側に立った私。心証が悪く、恐らくクリストフ以外に味方がいないレオン。

——前回の私と立場を入れ替えたような構図。こうなったら立場をひっくり返すのは難しい。結局この構図は覆ることのないまま、投票の時間が始まる。

「皆様、日没が近付いております。そろそろ投票を行いませんか……？」

絶好のタイミングでシャルが告げる。夕刻が近付いていた。

全員が投票箱に投票用紙を入れる。投票が終わると、シャルが開票結果を読み上げた。

「……ヤスミンさんが二票、レオンハルト様が五票、白票が一票となりました」

「なっ、なんだと⁉」

レオンが愕然(がくぜん)とする。私は狙い通りになったことを内心で喜んだ。

話の流れから察するに内訳は、レオンとクリストフがヤスミンへ、他の大半の人はレオンに投票した感じだろう。

しかしそうなると、一つ気になることがある。

「白票投票があったようね。これは一体……？」

「儂ですじゃ。現時点で誰が怪しいかは絞り込めませぬ。儂は無記名の白紙投票ですじゃ。……しかし結果に異を唱えるつもりはありませぬぞ」

クライン氏の立場ならそうなるだろう。何はともあれ五対二でレオンの処刑が決定した。

「ふざけるな！　この私を処刑するだと⁉　バカバカしい、付き合う義理もないな！」

「まったくです、レオンハルト様。こんな結果は無視して部屋に戻りましょう」

「投票結果に従わないの？　それではルール違反よ。何が起きるか分からないわ」

「だから黙って殺されろと？　冗談も休み休みに言え！　ヘルミーナ、君は婚約者なのに私に投票したな？　なんという女だ‼」

そっちだって前回は私を処刑した癖に、よく言える。

「今はそんな話をしている時ではないわ。ルールに従わないとペナルティがあるかもしれないわよ」

「面白い！　処刑以上のペナルティがあるというのかね⁉　この場にいる全員が邪神に呪い殺されたとしても、私としては一向に構わんよ！」

「こちらには俺とレオンハルト様。そちらでまともに戦力になりそうなのはウルリッヒという男だけ。後は老人と女。勝ち目があるとお思いで？」

クリストフはそう言うと、レオンと共に立ち上がって椅子を構える。

冷静さを失ったレオンの目をじっと見つめる。羊皮紙のルールは絶対だ。この城では常識では計り知れない超常的な力が働いているのを、私は身をもって知っている。ルールを破ろうとしているレオンには、きっとペナルティがある。この際だ、どんなペナルティが発生するのか見てやろうじゃない。

……そう思った瞬間、窓のガラスがカタカタと振動し、足元の床が揺れ始めた。

「えっ――地震⁉」

「なっ、なんだ⁉　うわあッ⁉」

「ヘルミーナ様、こちらへ‼」

かなり激しい揺れだ。天井から吊られていたシャンデリアが大きく揺れる。私たちはシャンデリアから離れたテーブルの下に隠れた。

レオンとクリストフも続こうとしたけど、テーブルに潜り込む直前、バランスを崩した。まるで足を誰かに摑まれ、強い力で引っ張られたような転び方だった。

クリストフが倒れた先には暖炉があった。受け身を取る暇もなく、クリストフは暖炉の角の部分に後頭部を打ちつけて倒れる。そしてレオンは……。

「なっ……うわあぁぁぁッ！！」

地震の振動のせいで、シャンデリアを吊るしていたチェーンが千切れる。そしてシャンデリアは逃げ遅れていたレオンの上に降ってきた。

轟音と共にレオンの絶叫が食堂中に響く。

揺れが収まる。……テーブルの下から出た私は、レオンの様子を恐々と窺う。

「う……ぐうぅ……た、助けてくれ……ッ！」

レオンは死んでいなかった。シャンデリアはレオンの下半身、太腿から爪先にかけて伸し掛かるように落ちていた。

床に血が広がる。相当の激痛に見舞われているのだろう。……だけどその傷は、即座に命を奪うほどの致命傷ではなかった。レオンは苦痛に喘ぎ、助けを求める。

「クリストフ、クリストフ……助けてくれ……ッ」

しかしクリストフも意識を失っていた。後頭部から血を流して失神している。

「……これがルール違反を犯そうとした罰ということですか……」

クライン氏は呆然と呟く。唯一の味方のクリストフは気絶し、レオン自身も大怪我を負った。私たちは蒼白になった顔を見合わせる。

……誰だって、こんな目には遭いたくない。なら私たちはどうするべきか。皆の瞳は雄弁に語っていた。

「し、処刑場へ、行きましょう……」

「そ、そんな……やめろ、近づくな——うぅッ！　傷口に触るな、痛い、痛いぃッ!!」

ウルリッヒがシャンデリアを持ち上げ、その隙間からヤスミンとシャルが協力してレオンを引きずり出す。

そしてウルリッヒがレオンを担ぎ上げて処刑場に向かう。傷口が痛むせいか、レオンの抵抗する力は弱い。みっともなく泣き喚き、命乞いをする姿は貴公子とはかけ離れていた。

「やめてくれ……死にたくない、嫌だ、嫌だ……」

処刑場に到着した。レオンは首に縄を巻き付けられながら、鼻をすすって私を見る。

私は左右に首を振った。レオンの顔が絶望に染まる。

……今さら何よ。前回私が吊るされる時には顔色一つ変えず、嗤っていた癖に。

悪魔の分際で、土壇場で同情を誘おうなんて考えが甘いわ。

「そ、それでは、処刑を執行します……」

「やめろ、やめ、や——ぐえぇっ！」

ウルリッヒが手を放す。

レオンの体は重力に逆らえず、ボキッと乾いた音がして、一瞬のうちに絶命した。

生前の端整な容姿は、もはや微塵も残されていなかった。

……いくら苦手な相手でも、こんな死に際を見せられると、さすがに気分が悪くなる。

思わず吐き気が込み上げてきた。

「ヘルミーナ様。ご無理はなさらないでください。ハンカチをどうぞ」

「……あ、ありがとう、シャル」

シャルから受け取ったハンカチで口を押さえる。

私もこんな風になったのかしら。前回吊るされた後、私もこんな姿に……。

いや、知る必要はない。今はこうして生きているのだから。

これでいい。だってレオンは悪魔なのだから。後は明日、ハイディを吊るせばゲームは終了だ。

今夜殺される可能性もあるかもしれないけど……いや、きっと大丈夫だわ。ハイディは論理的というより感情的な子だ。悪魔が自分一人しかいない状況なら、深く考えるより先に感情的に気に入らない相手を殺しに行くでしょう。

そう、ヤスミンかウルリッヒあたりを……。

そう自分に言い聞かせながら、私は皆を伴って城内へと戻った。

その後は夕食も摂らず部屋に戻る。

誰も食欲がなかった。それも仕方がない。目の前で首吊りを見たばかりなのだから。

しかもレオンの死は、私たちの投票がもたらした結果なのだから……。

「これで良かったのよ、これで……」

何度も同じ言葉を繰り返しながら、私はベッドに入る。

昨晩同様、すぐに睡魔が襲ってきたので、深い眠りへと沈んでいった。


【二日目・深夜】


「……う、ん……?」

息苦しい圧迫感。私の意識が覚醒する。辺りはまだ暗く、深夜のようだ。

どうして、こんな時間に目が覚めたのだろう?

答えはすぐに分かった。息苦しさと圧迫感の正体。

暗闇の中、赤い光が浮かんでいる。それが人の目だと気付くのに、さほどの時間は必要なかった。

私の体は金縛りのように動かない。声も出せない。

その人影は黒い刃の短刀(ナイフ)を構えていた。

刀身は内反りに湾曲している。柄の大きさに比べると、刃はかなり長大で広い。

ナイフの柄には赤い宝石が嵌め込まれており、それが暗闇でも禍々(まがまが)しく輝いている。

刃の先が私の喉に突きつけられた。

「……ごめんなさいね。あなたに恨みはないのだけど……」

「っ！　どう、して……⁉」

そこにいたのは、まごうことなき悪魔だった。

しかもその人影は想定していたハイディではなく、城のメイド長のヤスミン。

彼女の背後には、狼頭の大男――ウルリッヒが佇んでいる。

ヒュッと風を切る音がする。直後、私は喉元に冷たさと熱さを覚えた。

「かっ、はっ、あっ――！」

何をされたのか、私は理解した。喉を、切り裂かれた。

呼吸が、できない。息をしようとすると、ごぼごぼと溺れるような音がする。

なんで……なんで私が殺されるの⁉　どうして、あなたが悪魔なの⁉

その刹那、昼間レオンが言った台詞がフラッシュバックする。

『……ヤスミンさんでしたね？　やけに噛みついてくるじゃないですか。実はあなたが悪魔なんじゃないですか？』

その言葉を思い出した瞬間、嫌な予感が走る。

——まさか、一周目と二周目では、全員の役職が変わっていたの……⁉

そうか、だから羊皮紙には『今回の役職』と『前回の役職』が分けて書かれていたのだわ。

それなのに私は、復讐に囚われるあまり、その事実を見過ごしてしまった。目の前の情報言葉を吟味せず、悪魔の暗躍を許してしまった。

悪魔から見れば、今日の投票で場を仕切っていたのは私……悪魔にとって一番の脅威は私であると見做される。

そして今回は〝彼女〟に殺される。今回の悪魔に殺される。

「さようなら、ヘルミーナ゠フォン゠アインホルン伯爵令嬢」

最後の瞬間。命の灯が消える刹那。冷たい闇に意識が沈む直前に。

私の視界は、血塗れで歪な笑みを浮かべるヤスミン゠ミュラーを捉えていた。

第三章　三周目

【二日目・朝】


「……っ⁉」

光を感じて目を開くと、見慣れた天井が視界に飛び込んできた。

「おはようございます、ヘルミーナ様」

部屋の入口に佇(たたず)むシャルの姿を認める。

私は恐る恐る首元に手をやってみる。切り裂かれた跡はない。綺麗(きれい)なままだ。

前回と同じだ……私が死んだことで、また時間のループが発生したのか……。

「？　どうかされましたか、ヘルミーナ様？」

「……私は、なんてことを……」

「……？」

ベッドの上で自らの両手を見つめて、私は固まる。

全ての役職が変わっていた。だから前回のループに限ればレオンは悪魔でも何でもなかった。

つまり私は、何の罪もない人間を殺してしまった。

「ヘルミーナ様、顔色が少し悪いですよ……？　悪い夢でも見ましたか……？」

シャルが心配そうに声をかけてくれる。だけど私は彼女の言葉が耳に入ってこないほど、別の考えに囚われていた。

――なら一体、誰を投票で殺せばいいというのか。

役職が毎回変わるなんて、それでは誰が悪魔か分かる筈がない。

最初はループの知識を活かせば、悪魔を簡単に特定出来て、このゲームも終わると思っていた。

けれど悪魔が毎回変わるのなら、もうどうしようもない――。

「……私、モーニングティーを持ってきますね！　飲めばスッキリするかもしれませんし、少しだけお待ちください！」

「あっ……！」

シャルが部屋を出て行く。……呼び止めても仕方がない。そう思った私はベッドの中を探る。

目当ての物はすぐ見つかった。前回のループでも見た、前回と今回の役職について書かれているメモだ。

ゆっくりとそれを手に取って中身を確認する。必要な情報だけを拾い読みする。

前回の悪魔がヤスミンだったのはもう分かっているけれど、今回は……。

『【前回の役職】

・悪魔　…　ヤスミン、ウルリッヒ
・崇拝者　…　ハイディ
・聖騎士　…　クライン
・予言者　…　レオンハルト
・医者　…　クリストフ
・人　…　ヘルミーナ、シャルロッテ
【今回のヘルミーナの役職】
・悪魔』

——その羊皮紙の最後の記述を見た時、私は目を疑った。

前回の悪魔はただの答え合わせ。案の定、ヤスミンとウルリッヒの名前が記されている。

だけど、そんなことがどうでもよくなる情報が、そこには記されていた。

「待ってよ……意味が分からない。私が、『悪魔』ですって……!?」

あまりに意味不明な内容に、驚きすら超えて乾いた笑いが漏れそうになる。

「ふざけないで……私が悪魔なんてやる筈がないでしょう!?」

確かに前回は投票でレオンの処刑を誘導した。

でもあれは、レオンを悪魔だと思い込んでいたから……悪魔を吊らなければいけないと思っていたから……。

──そう思った時だった。ベッドの脇で、ガタンっと重い物が落ちる音がした。

「な、何っ⁉」

驚いて床を見ると、そこには抜き身のナイフが落ちていた。刀身は黒く、柄には赤い宝石が鈍く輝いている。

それは、ヤスミンが悪魔として私の喉を切り裂いたものと同じナイフだった。

「ど、どうしてこんなものが、私の部屋にあるのよ……⁉」

私の疑問が虚しく響く。答える者はない──そう思った直後、脳裏に不気味な声が響いた。

『──その【武器】を手に取れ』

それは音ではなく、私の頭の中に直接届けられるような、不快で重苦しい声だった。

この声は何……⁉

まさか、邪神だとでもいうつもり……⁉

『ヘルミーナ＝フォン＝アインホルン。貴様は悪魔に選ばれた。その【武器】を手に取り、憎い人間を皆殺しにせよ』

「……嫌よ……そんなこと、したくない……！」

『悪魔として人間共を皆殺しにすれば、この城から出られるぞ』

「だとしても、その為に人間を殺すなんて……出来る筈がないわ！」

『何故拒む？ ヘルミーナ……貴様は、人間という生物を嫌っているだろう？』

「え……？」

『貴様は他者から望まぬ生き方を押し付けられ、望まぬ役割を演じてきた。我には貴様の抑圧された黒い感情が手に取るように分かる』

「……違う……」

『歪んだ人間の感情ほど我を愉しませてくれるものはない。貴様こそ悪魔に相応しい存在だ、ヘルミーナ＝フォン＝アインホルン』

「わたし、は……っ」

『さあ、武器を手に取れ。今まで抑圧されてきた貴様に与えられる復讐の機会だ。邪魔な人間を殺し、最高の遊戯の舞台で我を——邪神を楽しませるのだ』

「……あ……」

頭の中に直接響く声は止まってくれない。

息遣いが荒くなる。まるで洗脳されるかのように、自分の心が少しずつ侵食されていく。

心に出来た、僅かな隙。そこにつけ入るように、冷たい闇が私の中に入ってくる。

それはまるで、私の心を無理やりこじ開けて、誰にも見せたくないと思っていた汚い部分を無理やりほじくり返されるような、屈辱的で忌まわしくて気持ち悪くておぞましい感覚。

僅かに見せた心の隙を邪神は見逃さず、無理やり侵入してきて蹂躙する。私は短い悲鳴をあげた。

永遠のような一瞬。私の体を暴風のような邪神が通り抜ける。

その後は凪。私の心は麻痺したように、何も感じなくなる。

『──悪魔ヘルミーナよ。儀式の掟に従い人間を排除せよ。さすれば勝者として、愛する者と共に生存することも可能であろう』

その言葉が駄目押しとなった。

喪失。虚無。絶望。

あらゆる負の感情に支配された私はフラフラと立ち上がり、床に落ちたナイフへと向かう。

……私は、シャルと二人で生き延びたい。そのためなら、私は……。

黒いナイフを手に取る。

握った瞬間、手の中でナイフは羊皮紙と同じく、霧となって消えていった。

『これで【武器】は貴様の所有物となり、貴様は悪魔となった。【武器】は夜、再び貴様の手元へと現れる。一夜に一人、【武器】を用いて生贄を捧げよ』

頭の中の声が消える。何かの気配が私の中から離れていくのが分かった。

直後、部屋のドアが勢いよく開く。

顔をあげると、息を切らせたシャルが飛び込んできた。

「ヘルミーナ様っ！　先程、ヘルミーナ様の叫び声が聞こえたのですが、だ、大丈夫ですかっ⁉」

シャルは慌てているようだったけど、私は落ち着いた心持で彼女を見つめ返す。

「……大丈夫よ、シャル。何にも起きてないわ」

「で、でも今確かにヘルミーナ様が叫んだような声がした気がして……本当に、大丈夫なのですかっ⁉」

「ええ」

シャルの不安を和らげる為に、私は小さく微笑みを浮かべる。

「大丈夫。なんでも、ないわ」


【三日目・夜】


三度目のゲームが始まる。

今日の昼の処刑投票は、反対多数で見送りとなった。おかげで初日は誰も吊るされていない。

夜になる。いつも暗くなると襲ってくる睡魔に今回は見舞われなかった。今の私は悪魔だから、邪神の力による眠気が発生しないのだろう。

羊皮紙の情報によると、悪魔は二人。私は直感的に、どこへ行けばいいのか分かっていた。

食堂だ。あそこは処刑投票が行われる場所。つまり誰を殺すか決める場所。

悪魔にとっても誰を殺すのか決定するのに相応しい場所だ。

食堂へ到着すると、案の定暗い室内に人影があった。

「――クリストフ？」

「ヘルミーナ様？　まいったな、よりによってあなたが相棒ですか」

そこにいたのは、一周目と二周目で私と敵対したクリストフだった。

私たちは食堂の椅子に座って話し合う。

一周目の時に、クリストフは積極的に処刑を行うべきだと主張していた。

だけど今回の彼は、初日の処刑投票反対派だった。

その時点である程度の予想はついていた。

毎回役職がシャッフルされるなら、ループ知識なんて役に立たないと思っていた。

でも、こういう小さな違和感を見つける使い道もあるみたいだ。

「羊皮紙のルールを見る限り、人間陣営には悪魔の味方である崇拝者が一人交ざっているそうね」

「この場にはいないみたいですね」

「今頃は部屋で眠っているんでしょう。崇拝者は人間陣営だもの。崇拝者と悪魔は、お互いの役職が分からないわ。日中の行動から推測して、密かに連携を取るしかないのよ」

「ややこしいですね。人間陣営なのに悪魔の味方だなんて。こっちまで混乱してしまいそうだ」

「だけど可能な限り、崇拝者は殺さないようにしましょう。人間なのに悪魔の味方をする。そして最終的に悪魔に殺される。それが崇拝者の役割なんだもの」

「利用するだけ利用して、最後は殺すってことか。いいですねぇ、実に悪魔らしいじゃないか。はははっ！」

クリストフは歪な笑みを浮かべ、腹を抱えて笑う。

普段の彼のイメージとは異なる態度に、私は眉を顰めた。

「――ところでヘルミーナ様、ふと思ったんですけど」

「何かしら」

「一夜につき一殺なんて回りくどいことはしないで、一気に皆殺しに出来るか試そうとは思わないんですか？」

「城壁を壊そうとしてレオンハルトが死にかけたのを見たでしょう。私はルール違反でペナルティを食らいたくないわ。やりたいのならあなたお一人でどうぞ」

「……いや、今はいいか。まだ余裕がある。ペナルティ覚悟でルール違反を犯すのは追い詰められてからでいい」

クリストフは物騒なことを言う。

この男なら、いざとなれば本当にやりかねないという迫力があった。

「……ねえ。あなた、普段執事をしている時と性格が違わない？」

「こっちが素ですよ。スラム出身の孤児なので。たまたまお忍びで来ていたレオンハルト様を助けたのが縁で、目をかけられ使用人見習いとして引き取られました。そして公爵家の使用人に相応しい教育を施してもらったんです」

「そうだったの」

「おかげ様で今はどこに出しても恥ずかしくない好青年です」

クリストフは恭しく礼をする。……自虐かしら？　それともジョーク？

「誠に不本意でしょうが、あなたと俺は共犯関係です。……今夜は誰を殺しますか？　出来ればお互い納得できる相手を殺しましょう」

「誰でもいいわ。他の役職はまだ分かっていないんだもの」

「物騒ですね。ヘルミーナ様の口からそんな言葉を聞く日が来るとは思いませんでした」

「悪魔になったせいよ。悪魔に選ばれ、【武器】を手に取った時から、どこかおかしくなってしまった……あなただってそうじゃないの？」

「確かに、そうですね」

ずっと歪な笑顔だったクリストフは、その顔からすっと笑みを消す。

「昨日まではレオンハルト様を殺す気など、毛頭ありませんでした。しかし悪魔になった途端、あの人を殺さねばという使命感に駆られています。殺してやるのが慈悲なのだと」

「慈悲？」

「俺は元々、反出生主義者です。ご存知ですか、反出生主義？」

「ええ、古代からある思想でしょう。人は生まれるべきではないという思想。宮廷学院時代に文献で読んだことがあるわ」

「悪魔を引き受けた瞬間から、その思想が俺の中で強くなっているんです。今までとは比べ物にならないほどに。この城に集まった全員を殺すのは彼らが憎いからじゃない。俺なりの救済です。この苦行塗れの現世から、皆を解き放ってやるんです」

「……そう」

同調はできないけど、それが彼の動機だというなら否定するつもりもない。

恐らく邪神は、その人にとって一番効果的な形で、人を殺す動機を植え付けたんだと思う。

スラム出身のクリストフは、元々厭世的な、反出生的な価値観を抱いていた。

邪神はそこに目をつけて、彼の負の感情を増幅させたのだろう。

適当に受け流す私を見て、クリストフは鼻を鳴らした。

「こんな時でも冷静ですね。レオンハルト様は、あなたのそういう感じが可愛げがないと愚痴を零していましたよ」

「そうでしょうね。私も彼のことが苦手だもの。そういうのって伝わるものよね」

「なぜ婚約話を受けたんですか？　お互い不幸になるだけだと思わなかったんですか？」

「家同士の話よ。個人の意思なんて関係ないじゃない」

「なら、今夜はレオンハルト様を殺しますか？　婚約相手がいなくなれば自由な立場に戻れますよ」

「……本気？」

クリストフの提案は、文字通り悪魔の囁きに等しかった。

私は彼をまじまじと見つめ返す。

「いずれ全員殺すなら、レオンハルト様は早めに済ませておきたいんです。どうせ死なせるのなら俺の手で殺したい。あの人が吊るされる姿なんて見たくないですからね」

「……随分と歪んだ感情ね」

「何とでも言ってください。異論がないなら今夜はレオンハルト様を殺しましょう。全員殺さない限り、俺たち悪魔が城壁の外に脱出できる未来はないんでしょう？」

「……そうね、異論はないわ」

今夜の犠牲者が決まった。私たちは食堂を出てレオンの寝室へ向かう。

「あ。もし聖騎士がレオンハルト様を守っていたらどうしますか？」

「その場合、今夜の殺しは無しよ。襲撃失敗。羊皮紙にそう書いてあったでしょう」

「そうですか……聖騎士様、どうかレオンハルト様を守っていませんように」

クリストフは妙な祈りを捧げる。

城内は闇に包まれている。それなのに不思議と目は利いている。

……これも邪神の力なのかしら？

レオンの寝室の扉も、軽く押しただけですんなり開いた。

小さく寝息が聞こえる以外、不気味なほどの静寂に包まれている。

「殺している最中に目を覚ますかもしれないわ」

「そういうものですか」

「体は動けないと思うけど。一応、念には念を入れておきましょう」

クリストフは頷くと、レオンに馬乗りになる。

前回、私が殺された時とよく似た構図だ。

あの時の悪魔はヤスミンだった。今は私が悪魔で人を殺す側だ。

悪魔が人間を殺すのは、相手が憎いからとか、嫌いだからとか、そんな理由ではない。

〝そういうもの〟だから、悪魔は人間を殺す。それ以上も以下もない。

クリストフがレオンを押さえる姿を、私はじっと見守る。

彼は右手を差し出す。【武器】を渡せという意味だ。

従うより他にない。私はクリストフに【武器】を手渡した。

風を切る音と共に、ナイフが振り下ろされる。

刃先がレオンの胸元に、吸い込まれるように刺さる。

突如、レオンがかっと目を見開いた。

「……な、ぜ、だ……⁉」

レオンは絞り出すように呻く。蜂蜜色の瞳にクリストフと私の姿が映される。

執事と婚約者。この城において、もっとも信用すべき相手。

その二人に裏切られたレオンの心中は如何なものだろう。

「なぜ、お前たち、が——ッ、がはッ！」

黒い刃がレオンの喉を切り裂く。飛び散る鮮血。むせ返るような臭い。

クリストフは何度もレオンの体を刺す。刺す。刺す。

やがて原形を留めないほど破壊され尽くしたレオンは、生命活動を停止させた。

＊

——小一時間後。

私の部屋にある浴室からクリストフが出てくる。

執事の部屋にバスルームはない。返り血を落とす為にバスルームを貸した。

【武器】はレオンが絶命すると霧になって消えた。アフターケアもバッチリだ。

これなら武器の所持から悪魔の正体が割れることもない。なかなか便利な機能だ。

「お疲れ様。明日は私がやるわ」

「そうですね。お互い無事に生きていたら、そうしてください」

「明日の朝、レオンの第一発見者になるのはあなたでしょう？」

「それが一番自然ですからね」

「間違っても殺した素振りを見せてはいけないわ。明日のあなたは錯乱しても構わない。

どんな素振りを見せても、レオンを失った悲しみのせいだとフォローするから。その方が自然だもの」

「分かっていますよ。……レオンハルト様がいなくなって悲しんでいるのは本心ですからね。明日は自然な感情を発露させてやりますよ」

自嘲気味に笑うと、クリストフは部屋を出ていった。

今夜、私はクリストフに【武器】を渡しただけで何もしていない。

一番嫌な仕事をさせてしまった。

明日はなるべくクリストフのフォローに回り、夜まで生き残れば自分が手を汚そう。

「こんな気持ちで人を殺す日がくるなんて、ね」

そんなことを呟きながら、ベッドに身を投じて目を閉じる。

明日の話し合いで崇拝者が発見できることを祈りながら、眠りの淵に沈んでいった。


【三日目・昼】


三日目の朝は、クリストフの叫び声から始まった。

「レオンハルト様、嘘だ、こんなのは嘘だ！　レオンハルト様‼　うわあぁぁぁッ‼」

主の亡骸を発見した彼は錯乱し、憤激し、慟哭し、消沈する。

その姿に嘘偽りはない。彼は本心からレオンの死を悲しんでいる。

私もまた悲しむ素振りを見せる。……クリストフほど感情を出せた自信はないけど。

それからウルリッヒに頼んで、レオンの亡骸を埋葬してもらう。

その頃になると、クリストフも多少の落ち着きを取り戻していた。

投票が開催されたのは、正午をだいぶ過ぎた頃合いだった。

「昨夜、レオンハルトが殺されました。とても悲しい出来事です。誰が手を下したのか、今すぐ名乗り出なさい。……そう、誰も名乗り出ないのね。では、やり方を変えましょう。予言者と医者の役職を持つ者は、いますぐ名乗り出てください」

「でも、それは、危険では……ありませんか？」

狼頭のウルリッヒが、私をちらちらと窺いながら口を挟んだ。

前回と前々回は、『役職』の話は出てこなかった。

いきなり儀式に巻き込まれて、ルールの把握で手一杯だったせいもある。

役職の話をする前に、お互い疑い合ってしまったせいもある。

しかし今の私は、二回の失敗を経てこのゲームの進め方が何となく摑めてきた。

人間陣営が生き残る為には、悪魔の嘘を見抜く必要がある。

悪魔陣営が勝ち残る為には、人間に嘘を信じ込ませる必要がある。

どちらの場合でも、『役職』は重要な役割を果たしてくれる。

「確かに危険な賭けでしょうね。けれど悪魔を絞り込む為に必要な行いよ」

「予言者は指定した相手を、翌朝に人か悪魔か判別できる。医者は前日に吊るされた相手が人間だったか悪魔だったか判別できる——でしたね」

「そうよ、シャル。予言者も医者も、悪魔を絞り込む上で重要な存在よ。だからこそ名乗り出てもらえば間違って投票することがなくなる。それに聖騎士に護衛してもらえるわ」

「待ちなされ。聖騎士は一晩につき一人しか守れませぬぞ。二人以上が名乗り出た場合、必ずしも守られるとは限らない。何より聖騎士が、昨夜殺害されたレオンハルト様ではなかったという保証もないじゃろう。聖騎士が殺されている場合、役職持ちは丸裸で悪魔の前に差し出されることになりますぞ」

今回のクライン氏は最初の夜に殺されていない。さすがにレオンが殺された以上、中立的な立場はとれず、積極的に話し合いに参加してきた。

「……んー、じゃあやっぱり名乗り出ない方が良さげってコトですかぁー？　ねえねえ、ヤスミンさんはどう思いますー？」

「聖騎士は名乗り出ない方が賢明でしょうね。危険を冒すだけで、本人にとってメリットがございません。名乗ればその晩、ターゲットにされるだけでしょう」

「だからこそ私は、予言者と医者に名乗りを求めましたの。聖騎士は自分を守れないと羊皮紙にも書いてありますし、ヤスミンの言う通り名乗り出る必要ありませんわ」

「なるほどー。そっかぁ、聖騎士は名乗り出ない方がいいんですねぇ。ふーん……」

一同は顔を見合わせる。私の提案や、今の議論を吟味しているようだ。

やがて一人がおずおずと手を挙げた。

「あ、あの……それでは名乗り出ます……僕が、医者です」

そう言葉を放ったのはウルリッヒだった。しかしその直後、シャルが私の隣で声をあげる。

「えっ？　ウルリッヒさん、それはおかしいです。医者の役職を与えられたのは私です」

瞬間、一同がざわつき始める。

「医者が二人じゃと？　そんなことがあり得るのか……？」

「羊皮紙には医者は一人と書いてあるわ。つまり、二人のうちのどちらかが嘘をついているということね」

どちらが嘘なのかは分からない。でも嘘をついている方は、恐らく崇拝者だ。

本物の医者の発言を虚言と思わせることで、悪魔が有利になるよう働きかける。医者のどちらかが味方だと悪魔に向けてアピールする。きっとそういう試みだ。

なら私は、どちらが本物で偽物なのかを見極める必要がある。

「……それでは二人に聞くわ。医者は死んだ者が人間か悪魔だったか判別できるとあるけれど、レオンがどうだったか分かるかしら？」

そう尋ねると、真っ先に回答したのはシャルだった。

「それは……分かりません。羊皮紙にもある通り、医者の能力は投票で処刑した人の正体が翌日に分かるという能力です。レオンハルト様は投票ではなく悪魔によって殺されています。医者の能力は使えないのです。……ですよね、ウルリッヒさん」

「え、あ、ぅ……は、はい」

シャルの意見は完全に筋が通っている。ゆえに怖くなる。もしシャルが本物の医者で、悪魔の敵であったらどうしようと。

だが同時に違和感も抱いた。心なしかシャルの語調が厳しい気がする。

普段の彼女はもっと自己主張が少ないし、優しい。

この厳しさが崇拝者だからなのか、本物の医者としての責任感からなのかはまだ分からない。

「……では、今日の投票はどうするのじゃ。医者のどちらかが偽物なら、どちらかに投票するのですかな？」

「であれば私ではなくウルリッヒさんに投票してください。偽物の医者は彼です」

「ま、待ってください、シャルロッテさん……！　ぼ、僕は本物です……！」

「ウルリッヒさん、往生際が悪いですよ。あなた、本当は医者の能力について知らなかったのではないですか？　本当は医者じゃないから、私が言い出すまで何も言えなかったのでは？」

「ち、違います……！　僕だって、知ってました！　でも、うまく喋(しゃべ)れないから……！」

「落ち着いて、シャル。あんまり強く言ってはウルリッヒも可哀想(かわいそう)よ」

「……申し訳ありません、ヘルミーナ様。でも私はヘルミーナ様をお守りするために、危険な因子は取り除いておきたいのです」

「私を？」

「はい。この人は嘘を吐いています。私には分かります。だから見過ごすわけにいかないのです。この人を生かしておくのは危険です。ヘルミーナ様に危険が及んでしまいます」

「シャル……」

「ですが、興奮しすぎたのも事実です。皆様、お騒がせしました。後の判断は皆様にお任せします。疑わしいと思う方に投票してください」

シャルが頭を下げる。するとヤスミンが疑問を挟む。

「それは危険ではございませんか？　誤って本物の医者を処刑してしまう可能性がございます。本日は他の人を処刑対象にするというのは？」

「そうね。ところで私はもう一つ気になっていることがあるの。医者は名乗り出たけど、予言者が名乗り出ていないわ。誰が予言者なの？」

昨夜殺したレオンが予言者というケースも考えられる。

……しばしの沈黙の後、クリストフが手を挙げた。

泣き腫らした目、憔悴しきった表情。見ているだけで痛々しく、同情を誘う。

「俺が、予言者です」

もちろん嘘だ。彼は悪魔だ。でも対抗馬は出てこない。

誰も名乗り出ないから、クリストフは昨晩殺したレオンが予言者だったと踏んだのだろう。

純粋な『人間』にとって、役職を騙るメリットはない。

嘘を吐く可能性があるのは『悪魔』か『崇拝者』だけだ。

悪魔は私とクリストフ。シャルとウルリッヒの二人が『医者』に名乗りをあげている以上、どちらかが確実に崇拝者。

この状況で本物の『予言者』が死んでいるのなら、悪魔が偽の役職を騙るメリットは大きい。予言者の役職を乗っ取れれば、ゲームの進行すら悪魔が乗っ取ることになり、勝利が一気に近づく。

誰もが悪魔の嘘を信じて、無実の人間に疑惑の目を向けることになるのだから——。

「他に名乗りがない以上、クリストフは本物の予言者だと見なしましょう。そうなると役職を名乗り出ていない残りの人は私、ハイディ、ヤスミン、クライン様ですが……この中から本日の投票先を決めましょうか？」

私はあえてそう言った。この面子（メンツ）なら、恐らくハイディあたりが死にたくない一心で何かアクションを起こすと思ったからだ。

私の予想は当たる。案の定、ハイディは顔色を変えて食ってかかってきた。

「ちょっと待ってくださいよ～！　シャルロッテさんとウルリッヒさんの片方は確実に人間の敵なんですよねぇ？　どうして投票から除外するんですか～⁉」

「ハイディ、さっきも言ったでしょう。間違って本物の医者を吊ってしまうのは危険だと」

「でもヤスミンさん、それってどっちが本物か分からない場合には、ですよね～？　逆に言うと偽物がどっちか分かってるんなら、その人に投票した方が良くないですか～？」

「あなたはどっちが怪しいか、目星をつけているの？」

「はいー。明らかにウルリッヒさんが怪しいですよねぇ。挙動不審だし、受け答えもはっきりしないし。さっきだって偽物の医者だから、医者の能力について詳しく言えなかったんじゃないですか～？」

「ウルリッヒに人殺しなんて出来る筈がないでしょう。彼は気の小さい青年です」

「崇拝者っていうぐらいだし、おかしくなっちゃってるんじゃないですか～？　そもそも普段のウルリッヒさんなら、こんな場面で名乗り出ませんよね～？　自己主張とか苦手そうだし。アタシ、ウルリッヒさんが名乗り出た時点で臭いなと思ってたんですよ～」

「そ、そんな、だって……！　人が殺されたから、怖がっていないで、名乗り出ないといけないと、思ったから……！」

ウルリッヒの語尾は次第に小さくなっていく。

――その後も話し合いは続いた。

結果として今日の投票では、シャルかウルリッヒを吊る流れになった。

シャルが死ぬかもしれない流れは避けたかったけど、この流れなら多分ウルリッヒの方が最多得票者になる。

私、シャル、クリストフ、ハイディがウルリッヒに投票するのは分かり切っている。

最悪クライン氏がシャルに入れた場合でも、結果は四対三でウルリッヒが処刑だ。

「さて、そろそろ時間です。投票を始めましょう」

投票が始まった。結果は——ウルリッヒが五票、シャルが二票という結果になった。

どうやらクライン氏は私たちの側についてくれたようだ。

「そ、そんな……！　ぼ、僕は、僕は……！　ヤスミンさん、助けてください……！」

ウルリッヒは助けを求めるようにヤスミンを見る。

縋(すが)りつかれたヤスミンは、この場の責任者である私に視線を向けた。

「……この投票結果は覆りませんのですか？」

「残念ですが、ゲームのルールよ。ルールに則(のっと)ることが、この場を預かる者としての責任ですもの」

「……そうで、ございますか……」

「や、ヤスミン、さん」

「……ごめんなさい、ウルリッヒ。わたくしにはこれ以上、何もしてやれそうにありません……」

「おお、神よ！」

クライン氏が胸の前で十字を切る。

話し合いは終わった。もはや誰も、この結果に異論はなさそうだ。

ウルリッヒは震える。逃げ出す様子はない。

ヤスミンが救いを拒絶したことで、すっかり気力を失っているようだ。

……もしかすると、この二人の間には何か特別な関係があるのかしら？

いや、今はそんなことを詮索している暇はない。

早くウルリッヒの処刑を完了させないといけない。

林の奥。ウルリッヒは首吊り台に立たされるまで、俯いたまま震え続けていた。

「狼の仮面をつけたままだとロープを巻けない。外せ」

「あ、あ……」

「早く!!」

「ひっ……!」

「ああもういい、俺が取ってやりますよ!」

クリストフに怒鳴られ、ウルリッヒは固まる。

そんなウルリッヒに対して苛立たしそうに、クリストフは狼の仮面を剝ぎ取った。

無表情な獣の仮面の下には、醜い傷を負った素顔が隠されている。

本人はそう言っていた。ヤスミンもそう言っていた。

しかし狼面の下から出てきた顔を見て、私たちは度肝を抜かれる。まず驚きの声をあげたのはハイディだった。

「ウソ……!?」

私も思わず声をあげそうになっていた。

何故なら、ウルリッヒの素顔があまりにも整っていたからだ。

城に来た初日に、醜い顔だから見せられないと言っていた。

だが実際は傷跡一つなく、肌は雪のように白い。

二重の瞼に、形の良い鼻、薄い唇。すべてのパーツがシンメトリーに配置されている。

だが彼の顔には、一つ変わった特徴があった。

それは、真っ白な髪に瞳は真紅であるということ。

そんな特徴をもっている彼の顔を見て、直後目を見開くように驚き始めたのはハイディだった。

「その見た目……ウルリッヒさん、まさか、邪神の生まれ変わりだったんですか……⁉」

「え？」

ハイディは突然意味の分からないことを言い出して怯えだす。

少し驚いている、なんて生易しい反応ではない。

目を見開いて身体を震えさせ、本能的な恐怖に襲われているような、本気の怯え方だ。

しかし私は、ハイディが何にそんな怯えているのかが分からない。

彼女が口にした『邪神の生まれ変わり』という言葉の意味も分からなかった。だが直後、私の隣でヤスミンが呟いた。

「……『邪神の生まれ変わり』とは、この地方に伝わる伝承です」

「……伝承？」

「この辺り——ハンメルドルフ村を中心とするごく一部の土地では、白い髪に赤い目を持つ人間を『邪神の生まれ変わり』として忌み嫌う風習があるのでございます。ウルリッヒ

が頭部まで覆う仮面で素顔を隠していたのは、そのせいでございます」

ヤスミンが目を伏せながら言った。ウルリッヒは悲しそうに微笑を浮かべる。

「僕は、こんな容姿だけど……悪魔ではありません。でも、もういいんです。ようやく、この世界から逃れられる……恐怖はありません……恐怖がない世界とは、こんなに素晴らしいものだったんですね……」

首に荒縄を巻き付けられながら、彼は幸福そうに呟く。

それはすべてを諦め、すべてを受け入れたから発せられる喜びの声色だった。

「皆様、ありがとうございます。僕を幸福にしてくれて。シャルロッテさん、ありがとう。あなたが名乗り出てくれたおかげで、僕は幸福に逝けます」

「……私は……」

「気にすることはないわ、シャル。あなたは正しい宣言をしたのでしょう?」

「……はい」

「なら、耳を傾ける必要はないわ」

最期にウルリッヒは、私とシャルロッテを見て微笑んだ。

彼を支えるクリストフの手が放される。

ひっ――と短い悲鳴。あるいは呼吸に近い音を残し、ウルリッヒは吊られ、絶命した。

端整な顔に苦悶が浮かぶ。生気のない濁った瞳が、一同を虚ろに眺めまわした。

これで人間が一人減った。これにより、悪魔は一歩勝利に近づいた。

＊

──お腹が空いた。

前回のループでは、処刑を見た直後に食欲なんて湧かなかった。でも今は空腹を覚えている。

悪魔になるとここまで心境が変わるのね。ちょっとした驚きだ。

私は厨房に向かう。ヤスミンは消沈している。今夜の夕食を作る気力もなさそうだ。シャルはクリストフと一緒に、ウルリッヒの埋葬に付き合っている。クライン氏も一緒だ。となると自分で何かご飯を用意するしかないけど、あいにく私は料理が苦手だ。

簡単に食べられるものは残っていないか、淡い期待を抱いて厨房に入る。……残念なことに、すぐに食べられそうなものはなかった。

こうなったら覚悟を決めて料理しようかと、肉切り包丁を手に取る。

……一歩間違えたら自分の指を落としてしまいそうだ。そう思うぐらい鋭くて大きい刃だった。

いざとなれば邪神の【武器】を使わなくても、この包丁で人を殺せてしまいそうだ。

そんなことを考えていた時、厨房にひょっこりとある人物が顔を出した。

「あれっ、ヘルミーナ様だ〜！」

「ハイディ？　あなた、どうして厨房に？」

「えへへー、小腹が空いちゃって。何か摘まもうかな～と思って来たんですよ」

「なら私と一緒ね」

「お、奇遇ですねぇ！　じゃあヘルミーナ様も一緒に食べますか～？」

「何があるのかしら？」

「サンドイッチぐらいならすぐに作れるんで、ご一緒にどうぞ～！」

「ありがとう、いただくわ」

　これまで人が二人も死んでいるにもかかわらず、元気な振る舞いを見せるハイディに私は少し驚く。

　まあでも前回のループでもハイディは軽い挙動が多かった。怯えていたと思ったらすぐに元気になったりもする。これが彼女の素の性格なんだろう。

　ハイディは手際よく食材を切ると、味付けを施してパンに挟む。

　厨房のテーブルで、ハイディが作ったサンドイッチを一緒に食べる。

　ハムとレタスとトマトが挟まったサンドイッチだ。塩胡椒で味付けされている。シンプルだけど食べ応えのある味わいだった。

「ハイディはお菓子以外も得意なのね」

「えへへ～、ありがとうございます！　でもお菓子以外だと、サンドイッチとか簡単なものしか作らないかなあ」

「あら、そうなの？」

「フッーの料理よりお菓子作りが好きなんですよ～。お菓子作りって材料を多く入れすぎると失敗するし、焼く時間もキッチリ決まってるし～。それがうまく出来ると嬉しいんですよ～！」

「へぇ、意外と凝り性だったのね」

「あと、お菓子っておいしいですし！　フツーの料理はあんまり入んないけど、お菓子はいくらでも食べられますから！」

「なるほど、それが本心ね」

「えへへ～」

ハイディは舌を出して笑う。愛嬌のある笑顔だ。

「ところでヘルミーナ様、今日処刑したウルリッヒは悪魔だったと思いますか～？」

「……そうね、悪魔もしくは崇拝者だったと考えているわ」

「ですよねぇ！　でもそうなると、残りの悪魔は誰だと思います？」

「今の段階では何とも言えないわ」

「ふふーん、ハイディちゃんは分かっていますよ～！　ずばり、ヤスミンさんが怪しいですね！」

「どうしてそう思うの？」

「今日やけにウルリッヒを庇っていたじゃないですか～。絶対怪しいですよっ！」

まあ彼女の立場では、そう思うのも無理はないかもしれない。

「それにしても今日のヘルミーナ様、カッコよかったです～！　毅然とした女の人って憧れちゃいます～！　この辺りってド田舎だから、口うるさいオバサンが多いんですよ～。ヤスミンさんみたいな。あ、今のヤスミンさんには言わないでくださいよ⁉」

「言える訳がないでしょう。私まで嫌われてしまうわ」

「あはっ、ヘルミーナ様ってば、分かってる～！　アタシ、なんだかヘルミーナ様のこと好きになってきたかも！」

現金な娘だ。あるいはこれがハイディの本当の姿かもしれない。

ハイディは瞳をキラキラ輝かせて、私をまっすぐ見つめる。その眼差しに曇りはない。年相応に無邪気な少女そのものだ。

軽薄でいい加減で責任感がなくて、無邪気で純粋で、それ故に残酷で……それはまさに子供の在り方だ。

この子は確か十五歳で、私とはたった三歳差でしかないけど、中身はまだ子供なんだ。

「ね、ヘルミーナ様はどう思います？　アタシの推理、正解だと思いますか？」

「そうね、可能性はあるでしょうね」

「ですよねー！　ヘルミーナ様も同意してくれるんなら、これは間違いないですよ～！」

「何にしても、次の処刑相手を決められるのは明日よ。まずは今夜の襲撃をやり過ごさないと、どうしようもないわね」

「あ、それなら大丈夫だと思いますよ～。ヘルミーナ様は大丈夫です！」

「……どうしてそう思うの？」

「あぁ、んー、何となく？　女の直感的な？　ま、とにかく大丈夫なんで、大船に乗ったつもりでいてくださーい！」

私は目の前の少女に、ある種の憐（あわ）れみを抱かずにいられなかった。

ああ、本当に……この子は、こんなにも短絡的な少女だったのね。

今日の話し合いでハイディが見せた振る舞い。

そして今のハイディの発言は、私に一つの推理をもたらした。

その後、空腹を満たした私たちは厨房の入口で別れる。

明日の朝の再会を、約束して。


【三日目・夜】


「今夜はハイディを殺しましょう」

クリストフと食堂で合流すると、私は開口一番にそう告げた。

「どういうことですか？」

「私はシャルが崇拝者だと睨（にら）んでいる。今日の議論でシャルはやけに攻撃的だった。私の目から見ても、ううん、私だからこそ分かる違和感だった……多分、シャルは私が悪魔だだと思う」

と気付いている。気付いた上で、私に向かって自分が崇拝者なのだとアピールしていたん
私は食堂に現れた【武器】を手に取り、淡々と先を続ける。

私がシャルの違和感に気付いたように、きっとシャルも私が普段と違うことに気付いている。

黒い刃を見つめながら思考を巡らせる。シャルが崇拝者……だったら、どうやって私たち二人は生き残るべきか。

一応プランはある。だけどこのプランはクリストフには言えない。何があろうと、絶対に。

「今晩はハイディ、ヤスミン、クラインのいずれかを襲撃対象にしましょう。そうすれば明日の生存者は悪魔二人、人間二人、崇拝者が一人。投票フェーズで私たちが悪魔だと明かせば、崇拝者は私に賛同するでしょう。五票中の三票で確実に一人を吊るせるわ」

「なるほど。しかし今夜しくじると、そうはいかなくなります。つまり聖騎士に襲撃を邪魔された場合ですね」

「一つだけ、聖騎士の妨害を絶対に受けない方法があるわ。聖騎士が唯一守れない、聖騎士自身を狙うという方法よ」

「ハイディが聖騎士だと言うんですか？」

私は頷く。そう思う根拠は、今日の議論だった。

ハイディは聖騎士の立ち回りに興味を示していた。聖騎士は名乗り出ない方がいいと言われると、納得したような態度で口を噤んだ。

そしてもう一つ、厨房でのやり取りも判断材料になっている。

私はハイディの好意を勝ち取った。その上でハイディは、私が悪魔に襲撃されることはないと言った。

要するに、聖騎士である自分が私を守るから大丈夫だと遠まわしに言ったのだ。

「まあ他に聖騎士と疑わしき人もいませんからね。いいですよ、ハイディを殺りましょう」

私たちは【武器】を持ち、ハイディの部屋へと向かう。

ハイディはすやすやと寝息を立てて眠っていた。

枕元を見やると、これまで見たことのない羊皮紙が置かれている。

役職は刻まれていない。邪神からのメッセージもない。

きっとこれが聖騎士にしか現れない、護衛対象を守る為のアイテムなんだろう。

真新しい緑のインクで、拙い字で『ヘルミーナ』という名前が記されていた。

……恐らくこの羊皮紙に名前を書かれた人は、一晩限定で悪魔が危害を加えられなくなっているんだろう。城門が開かなくなったように、守護対象の部屋も不可視の力で守られているんだと思う。もちろん、確かめることは出来ないけれど。

やっぱりハイディは聖騎士で、私を守ろうとしていたのね。

「さあ、楽にしてやってください」

「……ええ……」

手が震える。呼吸が荒くなる。

でも、今の私は悪魔だ、悪魔なんだ。

自分の心に言い聞かせる。何度も、何度も、何度も。

昨夜クリストフがレオンハルトを殺すのを容認した。

何もしなかった。ただ見ているだけだった。

だから今夜は私がやらないといけない、汚れ仕事をクリストフに押し付けるだけなんていけない。

だから、私は。

「……ごめんなさい」

ハイディの心臓に刃を突き立てた。

一撃で仕留めるつもりだった。なのに、手が震えていたせいで狙いが外れてしまった。

「え――っ⁉」

刹那、ハイディの瞳が大きく見開かれる。彼女の喉から掠(かす)れた声が漏れる。

紫色の瞳が、闇の中に浮かぶ私の姿を捉えた。

「ヘル、みーな、さ、ま――？」

可愛らしい瞳に涙が浮かぶ。怒りではない。悲しみでもない。困惑の涙。

……やめて、そんな目で見ないで！

これ以上、彼女の声を聞きたくなかった。何が起きたのかも認識させたくなかった。

それに――この子は一周目で私を嵌めた。レオンと組んで無実の私に投票して嗤っていた。

そう、だから仕方がない。仕方ない、仕方ない仕方ない仕方ない……！

何度も、何度も、何度も。自分に言い聞かせながら、ハイディの胸に刃を突き立てる。

空気の抜けるような音が、ハイディの喉から漏れる。

彼女の体から力が抜けていく。ガラス玉のように虚ろな瞳が私を見上げる。

その瞳が恐ろしい。これ以上私を見ないでほしい。

私は心臓めがけてナイフを振り下ろした。何度も、何度も、何度も――。

「もう死んでますよ」

「…………え？」

クリストフの声で我に返る。

眼下には、全身を切り刻まれたハイディの亡骸。もはや原型を留めていない少女の骸。

途端に意識する血の臭い。思わず吐き気がこみ上げてきた。

「う――っ！」

私は【武器】を落とし、口を押さえて部屋を飛び出した。

裏庭にある池まで一直線に向かい、水面に嘔吐する。

――初めてこの手で、人を殺してしまった。しかも、あんな惨い殺し方で……！

これまでも投票で人を吊るした。昨晩レオンが殺害される様子を見守っていた。

でもそれらは言ってみれば、間接的な殺人。直接手にかけたわけじゃない。

でも今夜は違う。初めてこの手で人を殺害した。

「ひどい顔ですね。人殺しは初めてですか？」

「……クリストフ……」

気が付けば、背後にクリストフが立っていた。

「ひとまずその汚れを落としましょう。風呂に入れば気分も落ち着くでしょう」

この場では、彼に従うのが最良だ。血を軽く落とし、浴場がある自室に向かう。

バスタブに身を沈め、温かいお湯に浸っていると、少しずつ心が落ち着いてきた。

バスローブに身を包んで浴場を出る。クリストフはソファに座っていた。

私は毛布を羽織り、ソファの上で膝を抱えて丸くなる。

「……人を殺すのが、これほど気分の悪いものだとは知らなかったわ。こんなに嫌な気持ちになるものなのね。……皆はよくやれるわね」

「いや、皆が皆やっている訳じゃないと思いますが」

「……ああ、そうだったわね」

ループでなかったことにされているとはいえ、今この城にいる半数が殺人経験者だ。

十分「皆」と形容できる数だと思う。

でもループの話はクリストフにしていない。したところで信じてもらえるとも思っていない。私は話題を変えることにした。

「あなたはずっと落ち着いているように見えるわ。……以前にも経験があるの？」

「スラム出身ですからね。あそこは綺麗事だけじゃやっていけません。奪われる側に甘んじていたら、俺はこの年まで生きられませんでしたよ」

クリストフの目がすっと遠くなる。

「俺が最初に殺した相手は、母親の客でした」

「客？」

「母は体を売って生計を立てていたんです。子供を抱えた学のない女にできる仕事は、この国では限りがある。ヘルミーナ様には想像もつかない世界でしょうか？」

「分かるとは言えないけれど……でも、この国には目を覆いたくなるほどの貧富の格差があることは理解しているつもりよ」

「そうですか。……ひどい生活をしていた母は、やがて体を壊しました。しかし母についていた客は、そんな状態でもお構いなしで相手をさせようと押し入ってきた」

「……ひどい話ね」

「俺は男を刺しました。めった刺しにして、気付いたら男は死んでいました。その死体は川に捨てました。スラムでは死体は珍しくなかったから、よくある死体の一部として処理されましたよ」

「……お母様は、その後どうなったの？」

「半月後に死にました。どのみち病気で長くなかったんです」

　クリストフは話を切ると、長い吐息を漏らした。

「それからはギャングの使い走りの人生でした。殺らなきゃ殺られる世界では、人殺しへの忌避感など生まれません。平和な社会だから命の価値は吊り上がるんです。スラムは命の価値がひどく低い場所でした」

　抗わなければ、殺されていた。そんな過酷な世界で生きてきた彼を、私は責められない。

「レオンにも、その話をしたことがあるの？」

「ありますよ。あの人は俺の境遇に同情しました。同情だけなら腹が立ちますが、レオンハルト様はそこから踏み込んでスラムの改革に着手したいと言い出しました」

「……レオンが、そんなことを？」

「はい。あの人はスラムがあそこまで荒れたのは、上に立つ者がしっかりしていないからだと言いました。……こう言うのもなんですが、レオンハルト様の父親であるエーベルヴァイン公や、さらにその父親もその祖先も、私腹を肥やすことしか考えていない腐敗貴族でした。しかしレオンハルト様は違いました。あの人は信じられる。少なくとも俺にそう思わせてくれました」

　クリストフは軽く吐息を漏らし、視線を落とす。

「あの人が光であり続ける為に、俺は闇を担当する――そういう約束でした。スラム改革は綺麗事だけじゃ成し遂げられません。かといって、希望がなければ人は人として生きられない。ただの獣として生きるしかない。俺はあの人に綺麗な希望のままでいてほしかった」

「希望……」

「俺は未だに人を殺すことに抵抗も嫌悪感もありません。しかし、こんな自分に対する疑問はあります。これ以上俺のような奴を作り出してほしくなかったんです」

熱の込められた語調。クリストフは言葉を区切ると、自嘲気味に笑う。

「それなのに、自分自身の希望をこの手で殺した。そんな俺に比べればあなたはマシですよ。安心してください」

そんな話を聞かされて、何が安心できるのだろう。何がマシだと言うのだろう。

安心どころじゃない。

クリストフの話を聞いているうちに、一つの小さな後悔が芽生え始めていた。

「……私はもっと、レオンと話をしておくべきだったのかもしれないわ」

「はい？」

「レオンにもレオンの人生がある。積み重ねてきた人生がある。たとえ自分とは異なっていても、それは尊重に値するものだった。……私がもっとしっかり彼と向き合っていれば、そういう彼の側面に早く気付けていたかもしれないのに」

「もし仮にレオンハルト様の話を聞いていたら、あなたはどうしましたか？　レオンハルト様の夢に賛同して、妻として夫を支え続ける人生を送れましたか？」

「…………」

　少し悩んだ後で、私は左右に首を振る。

「……そうはならなかったと思うわ。もちろん彼の夢は立派だし、私も応援したいとは思うわ。でも私がその生き方に合わせられるかというと……きっと別問題よ」

　ふうっと溜息を吐く。レオンという人の本当の姿が見えたことで、自分と彼の間には決して埋まらない溝があると理解する。

　彼がそういう人だというのなら――尊敬に値する人だというのなら、尚更私は彼と結婚するべきじゃない。

「……私はね、シャルが好きなの。私が共にいたいと願うのはシャルだけなのよ」

　生まれて初めて、これまで誰にも打ち明けられなかった本心を他人に吐露する。

　……手が震える。舌が強張りそうになる。こんな状況だというのに、心の奥底に閉じ込めていた本当の自分を打ち明けるのはとんでもない恐怖が伴った。

「だけどこの国では、同性に対するこんな気持ちは他人に打ち明けられない――だから心に蓋をして、好きでもない男の人と結婚しようとしたわ。家族も、父も、この国のすべてが私にそうやって生きるように求めてきたから」

「道具扱いされることに甘んじてきたから、他人に関心が抱けなかったんですね。俺には分かりますよ。蔑ろにされている人間に、他人を慮る余裕なんて生まれません」

「そう……そうね、きっとそうだわ」

レオンハルトを大切に思っていたクリストフ。

彼の口からレオンがどんな人だったのかを聞いて、私の中に初めてレオンを〝人〟として見る心が芽生えた。

「レオンのことを一人の人間として見つめ直せて、彼のことが少しだけ理解できた。――〝だけど〟、それでもやっぱり私は彼を妻として支え続けることは難しいと思う」

私は同性(シャルロッテ)が好きだ。異性(レオンハルト)のことは尊敬出来ても、愛することは出来ない。

それなのに自分を偽って夫婦になれば、いつかきっと齟齬(そご)が生まれる。

「私はもっと抗うべきだった。少しの壁に当たったぐらいで諦めるべきじゃなかった。……こんな答えでは、あなたにとっては不満かもしれないけど」

「いいえ、そうでもありませんよ。……それを聞けたのがレオンハルト様の死後っていうのが残念ですが、あの人を殺したのは俺だから仕方がありません」

クリストフは自嘲気味に笑う。

彼は客観的に私たちの内面を分析していて、それでも主従という立場上意見できなくて、歯痒(はがゆ)く思っていたんだろう。

「あなたは否定しないのね。私のこんな気持ちは、この国では認められていないのに」

「公には、ですよね？　俺はスラム育ちです。表社会が隠そうとしてるだけで、そういう人が存在することは俺もよく知っています。別にどうこう言うつもりはありません」

「……ありがとう」

思いがけない優しい言葉に、少し心が軽くなる。

ありがとう、クリストフ。……そしてごめんなさい。

あなたのことも、レオンのことも少し理解出来た。

でも、それでもやっぱり、私はシャルが大事なの。

あの子だけが、私にとって必要な存在なの。

だから――ごめんなさいと、心の中で何度も詫びた。


【四日目・昼】


朝になると、ハイディの死体が発見された。枕元の羊皮紙は既に消えている。

クライン氏は胸の前で十字を切った。ヤスミンは憔悴した表情で亡骸を見下ろしていた。

一同は食堂に集まる。シャルが用意した簡単な朝食を済ませると、本日の議論を開始した。

「昨晩はハイディが殺されてしまいました。痛ましい出来事です。昨日処刑したウルリッヒが悪魔だった場合、悪魔が一人、崇拝者が一人まだ残っています。誰が疑わしいか、議論を始めましょう」

「はい」

「何かしら、クリストフ」

「予言者として証言します。俺は昨晩、クラインさんを占いました。……クラインさんは悪魔です。あの人を処刑しましょう」

「なっ、何を言うか⁉　言うに事を欠いて儂が悪魔じゃと⁉　ありえない！　さては貴様が悪魔だな⁉　あるいは崇拝者か⁉」

「落ち着いてください、クライン様。まだ医者の証言が残っておりますわ。シャル、医者としての報告を聞かせてちょうだい」

「かしこまりました、医者としての報告です。昨日処刑したウルリッヒさんは悪魔でした」

この瞬間、私の予想が正解だったと証明された。

ウルリッヒは悪魔じゃない。悪魔は私とクリストフだ。

シャルが本物の医者なら、ウルリッヒが悪魔だったと虚偽の報告をする筈がない。

つまり本物の医者はウルリッヒで、シャルは医者を騙った崇拝者だ。

「分かったわ。今この瞬間、すべての答えが出たわ」

なら、もう正体を隠しておく必要はない。

もう勝負はついた。今生き残っている五人の内、悪魔は二人、崇拝者は一人。

人間は二人しかいない。ならば投票を行えば、私たちの連携でクライン氏を最多得票者にできる。

「……茶番は終わりにしましょう。私は悪魔です。投票はクライン様に投じます」

「なっ⁉」

驚くクライン氏を尻目に、私はクラインと名を書いた投票用紙を投じる。

「俺も悪魔です。俺もクラインさんに票を投じます」

「なんだと、やはり貴様ッ⁉」

「私は崇拝者です。クライン様に一票、投じます」

「バカなッ‼　シャルロッテ殿までが……‼」

クライン氏はテーブルを拳で叩く。

一縷の望みをかけてヤスミンを見やる。……ヤスミンは、これまでの冷静な表情が嘘のように、苦々しく私たちを睥睨した。

「……本当なのでございますか、ヘルミーナ様、クリストフさん。あなた方二人が悪魔で、シャルロッテさんは崇拝者だと？」

「ええ、そうよ」

「シャルロッテさん、あなたは医者だと名乗っていましたね。それは嘘だったということですか？　……つまり、昨日処刑されたウルリッヒが本物の医者だったと？」

「……はい」

「そしてヘルミーナ様とクリストフさんは、そのことを分かった上でウルリッヒを処刑した。そうでございますね？」

「はい、そうです」

「……よく、分かりました」

ヤスミンは冷たく笑う。表情は笑顔なのに目が笑っていない。心の奥底まで凍り付いたような、深い絶望を湛えた瞳に背筋が寒くなる。

彼女は歩き出したかと思うと、暖炉の上の壁に飾られていた猟銃を手に取った。

「あの子は純粋で優しい子だったのに……それを無実の罪を着せて処刑するなんて……殺してやる……！」

ヤスミンは血走った目で私たちを睨み猟銃を構える。

「やめろ‼」

クリストフが駆け出す。私は咄嗟にシャルを庇うように抱き締めた。

パァンッ——という銃声。ギャッという悲鳴。

……私の身に衝撃は襲ってこない。恐る恐る目を開いた。

そして、そこにある光景を見て我が目を疑った。

「あぁ……う、がぁ……ッ」

私もクリストフも、シャルもクライン氏も無傷だ。

けれどヤスミンの両手は吹っ飛び、顔面もザクロのように割れていた。

猟銃が、暴発していた。

それでもヤスミンはまだ息はあるようで、凄絶な呻き声を漏らしている。

「……ひどいな。これはもう助からない。……一刻も早く楽にしてやりましょう」

クリストフはヤスミンに近寄ると、彼女の首を両手で押さえつける。

ゴキッという音がして、ヤスミンの呻き声は止まった。

「や……ヤスミン殿、あぁ、なんということだ……！」

クライン氏が絶望的な声をあげる。クリストフは床に転がる猟銃を手に取って検分する。

「特に故障がある訳でも、何かが詰まっていた訳でもなさそうですね。……ルール違反を犯して皆殺しを強行しようとしたペナルティでしょうか？　いずれにせよ、今日の処刑とは別カウントでしょう」

クリストフは猟銃を壁に立てかけるとクライン氏の腕を掴む。クライン氏は悲鳴をあげた。

「よせ、離せ！　儂はまだ死ぬわけにいかぬ……！　し、しかも、邪神の供物に捧げられるなど……冗談ではない！」

「四人中三人の票があなたに入りました。ルール上、あなたの死は確定しています。ほら、行きますよ。それとも、あの女のような死に方がしたいんですか？」

クライン氏の顔に絶望が広がる。自分以外全て敵に囲まれ、唯一の仲間だったヤスミンを目の前で失い、彼は心から絶望して反抗する気力すら失ったようだった。

クライン氏はクリストフに抱え込まれて処刑場に向かう。私とシャルも彼らの後に続いた。

林の奥の処刑場、台の上にクライン氏が立たされる。背後からはクリストフが支えていた。

……悪魔だと分かっている相手に、処刑介助されるのはどんな気分だろう。

クライン氏の本職は祓魔師(エクソシスト)。彼の絶望、憤りを思うとさすがに同情を禁じえなかった。

クリストフが手を放す。重力に抗えず、クライン氏の首に巻き付いた縄が締まる。

――つい一時間前まで精力的に喚(わめ)いていたクライン氏は、驚くほど呆気(あっけ)なく静かになった。

＊

「終わりましたね」

「終わったわね」

処刑が終わり、クライン氏の遺体を下ろした後。

私とクリストフは顔を見合わせて頷き合った。

崇拝者であるシャルは私の背後に控えている。

悪魔も崇拝者も、誰一人として欠けていない。悪魔陣営の完全勝利だ。

前回と前々回は散々だったのに、今回はあっさり片が付いた。

……私って悪魔の方が向いているのかしら？

何はともあれ、これでゲームは終わったのだから、城の外に出られる筈だ。

クライン氏の亡骸を埋めた後、私たち三人は城門の前へと向かう。

しかし城門は相変わらず閉ざされたまま、押しても引いてもびくともしない。

「やっぱり、まだ一人『人間』が残っているからか……」

クリストフがそう言ってシャルを見やる。

「崇拝者はあくまで人間。つまり俺たち悪魔は、人間であるシャルロッテを殺さないと城門は開きません」

目に凶暴な光を宿してシャルに近付こうとするクリストフを、私は制する。

「待ってよクリストフ。シャルはこれまで私たちの勝利に貢献してくれたわ。それに崇拝者は確かに人間だけど、悪魔にとって脅威ではないわ。結論を急がないで。落ち着いてこれからどうするか話し合いましょう」

そう言いながらも私は機会を窺う。

こうなるかもしれないと予想して、私は今朝のうちにこっそり食堂へ行って、肉切り包丁を回収しておいた。

鞘に入れてベルトで巻いて、太腿に括りつけてある。

――いざとなったら、クリストフを殺す覚悟でいた。

彼とは色々あった。ある種の親しみを覚えているのは確かだけど、それよりシャルの方が大事。

私の手はもう血に汚れている。シャルと生き残る為に罪のない人を殺してしまった。

今更クリストフ一人を追加で殺すぐらい、もう躊躇いはない。

しかしいきなり襲い掛かっても返り討ちに遭う可能性が高い。まずは油断させないと。

「脅威ではない？　本当にそうでしょうか」

「何が言いたいの？」

「確かにシャルロッテは大した脅威じゃないかもしれません。しかし、あなたはどうだ？」

「私？」

「あなたはシャルロッテを愛している。シャルロッテを生かす為に俺を殺すかもしれない。俺はその点を危惧しているんですよ」

「バカね、ここまで協力してきたあなたを殺すなんて……そんなことをして何になるの？　結局外には出られないじゃない。無駄で無意味な殺人だわ」

「……あなたは別に外へ出られなくてもいいんじゃないですか？　この城には畑もある、果樹もある、井戸もある。設備は一通り整っている。二度と外に出られなくても、閉ざされた世界で愛する女と二人で暮らすというのも、あなたにとって一つの幸せなのでは？」

「…………バカね」

動揺を悟られないように細心の注意を払う。

……私の狙いは、クリストフに読まれていた。

彼の言う通りだ。私はもうシャルと生き残れるなら、死ぬまでこの城に閉じ込められても構わない。その邪魔をするというなら、クリストフを殺したって構わない。

「お二人とも、止めてください」

私とクリストフの間に緊張が走った、その時。

シャルが毅然と言い切って、私の前へと歩み出た。

「あなた方二人が争う必要はありません。ヘルミーナ様、私のことは構わないでください」

「何を言ってるのよ、シャル……？」

「私なんかの為に、愚かな真似(まね)をする必要はありません」

シャルは微(かす)かな笑みを浮かべる。

その手には、私が厨房から隠し持ってきたのと同じタイプの肉切り包丁がある。

さぁっと顔から血の気が引く。一瞬、思考がフリーズした。

そんな私を見て、シャルは美しく微笑む。

「さようなら、ヘルミーナ様。私はあなたが大好きです。今もこれからも、ずっと……」

シャルはそう言うと、肉切り包丁の刃を己の首に宛がい、一切の躊躇いなく切り裂いた。

鮮血の噴水が飛び散る。糸の切れた人形のようにシャルの体が崩れ落ちる。

彼女の血が私の頰にかかる。生温(なまぬる)い感触が頰を濡(ぬ)らす。

その瞬間、私の体が動くようになった。悲鳴をあげてシャルに駆け寄る。

「いやあああああっ‼　シャル、シャル、起きてよ、シャルっ‼」

彼女の体を抱き起す。だけどもう、彼女の瞳は私の姿を映していなかった。

たった一瞬、わずかな動作で、シャルの命は完全に失われてしまった。

「なんで……なんでよっ⁉　私はあなたの為に人殺しになったのにっ！　あなたと生き残

る為に！　それなのに、なんで⁉　なんでこんなことになるのよ！！？」

「ヘルミーナ様、落ち着いてください。とにかく俺たちはこれで外に出られますから……」

「こんなの夢に決まっているわ、そうよ、いつもの夢なのよ‼　そうに決まっているわ！！！」

落ちていた肉切り包丁を拾う。クリストフが血相を変える。

「ちょ、おい、その包丁で何をする気だ⁉」

「こうするのよ！　だって、いつも死ねば時間が巻き戻るんだもの‼」

一縷の望みをかけて、シャルがそうしたように、自分の頸動脈（けいどうみゃく）を切り裂く。

激しい熱さと痛み。視界が真っ赤に染まる。けれど今は、それすら心地いい。

だって、死ねば、彼女にまた、会えるかもしれないから――。

私は全ての感覚を失う。

幾度となく目覚めた朝に戻ることを願いながら、私の意識はかき消されていった。

第四章　四周目

【二日目・朝】

「――っ、うっ……あぁっ……!!」

見慣れた天井。穏やかな朝日。ベッド。……そして無傷の私。

直感的に理解する。私はまた、二日目の朝に戻ってきたのだと。

「良かった……戻って、こられた……！」

一瞬の安堵。だけど安堵が去ると、後悔と自己嫌悪が押し寄せてくる。

「……シャルが、死んだ……あれは、私のせいだ……」

そう理解した直後、瞳から大粒の涙が溢れ出す。とめどなく溢れて零れ落ちる。

――シャルと生き延びられるなら、何を犠牲にしてもいいと思ってしまった。

邪神に心を委ねてこの両手を血に染めた。

その果てにシャルさえもが犠牲になってしまった。

あれほど沢山の屍の山を築いたのに、何も摑めなかった。叶えられなかった。成し遂げられなかった。

私は、私は、私は――。

「ヘルミーナ様、どうされたのですかっ!?」

突如、部屋の入り口から聞こえた声に顔を上げる。

そこには、シャルがいた。

シャルは息を切らせて私を見つめている。

さっき見た亡骸（なきがら）ではない。動いて喋（しゃべ）っている。生きているシャルがそこにいた。

「シャル……」

私は立ち上がり、よろよろとおぼつかない足取りでシャルへと近付いた。

「どうしたのですかヘルミーナ様？　さっき悲鳴のような声が聞こえたのですが……それに、そんなに涙を流して……」

身体（からだ）や口が震えて、思うように言葉が出ない。

私はシャルの前まで来ると、膝から崩れるように、彼女の身体を抱き締めた。

「っ、シャル……ぅ、……うわあああぁぁぁぁぁぁぁぁぁ――っ‼」

ようやく絞り出せたのは絶叫に近い慟哭（どうこく）だった。

叫びながらシャルを抱き締め、言葉にならない感情を全部吐き出す。シャルは目を丸くして、驚愕（きょうがく）の表情を浮かべる。

「へ、ヘルミーナ様⁉　あ、あの、一体……⁉」

「ごめんなさい‼　シャル、ごめんなさい……‼」

「え？　え？」

「私のせいで、あなたを死なせてしまった……！」

「え？　ええええ⁉」

シャルは目を白黒させる。

分かってる、私が言ったことがシャルにとって意味不明なのは。

前回のループであなたは死んだと言ったところで、理解される筈もない。それでも謝らずにはいられなかった。

「ヘルミーナ様、私は死んでなんかいませんよ！　ほら、こうして生きています‼」

「うっ……ううっ……！」

「……あ、分かりました。きっと怖い夢を見られたんですね？　……大丈夫ですよ。私は生きてますし、いつだって側にいますから」

シャルの言葉が胸に染み渡る。

この世界ではシャルが生きている。シャルの死はループの上書きで回避できた。

実感できた途端、心の底から安堵が湧いてきた。

しかし、それと同時に私の心により大きな罪悪感が芽生え始める。

私が死なせてしまったのは、シャルだけじゃない。

前回のループで私はレオンもハイディも、ウルリッヒもヤスミンもクライン氏も、この城にいるほぼ全員を死に追いやった。

自分が生き残るために、他者の命を徹底的に冒瀆した。

シャルは優しく慰めてくれるけど、私は確かに罪を犯した。

この世界では恐らく皆はまだ生きていて、私のしたことを誰も覚えていないのかもしれない。

けれど他ならない私自身が、自分が殺人者であることを覚えている。

私は紛れもなく罪人だ。

「──もし仮に、ヘルミーナ様が本当に罪人になってしまったとしても、私はヘルミーナ様の味方ですよ」

「……え？」

「夢の中で何があったのかは分かりませんが、あなたが何をしようと、私のことをどう思ったとしても、私はヘルミーナ様のことが大好きです。ヘルミーナ様はご自身を第一に考えてください」

「シャル……」

「泣いて気持ちが楽になるなら、いくらでも泣いてください。全部受け止めますから。……でも、自暴自棄にだけはならないでくださいね。あなたは私の大切な人なのですから」

そのシャルの優しさに、私の中で何かが弾けた。

「……っ！　うっ、くっ、うわあああああぁぁぁぁぁん……っ！」

彼女の愛情、温かさが染み渡り、大粒の涙を流す。

大切な人が、同じように自分を思ってくれている。これほどの幸せはない。

だけど、そんな大切な人を、前回のループでは結果的に死なせてしまった。

私の心が弱かったせいで……。

シャルは他の人を皆殺しにして、その上で私と二人だけで生きることを望んでいなかった。

自分自身の愚かさが憎くて仕方がない。

前回のループの最後、シャルはその命をもって私に過ちを気付かせてくれた。

シャルはずっと私を抱き締めて、優しく慰め続けてくれた。

その優しさに触れているうちに私は冷静さを取り戻す。

己の罪を直視して、これから何を成すべきなのかを吟味する。

「……私、変わらないと……」

「え？」

「それに、償わないと……私が踏みにじってしまった、全ての人に」

その為には何をすればいい？　……単純に考えるなら、前回とは正反対のことをする。

つまり、全員を殺すのではなく、全員を生かす。

――それだ。天啓のように閃いた考え。それこそが唯一無二の答えだ。

「そうよ……それしかないわ……」

「あ、あのう、ヘルミーナ様？　急にしっかりした顔つきになられて、どうしたんですか……？」

私はシャルに抱きついていた手を解き、ゆっくりと立ち上がる。

己のやるべきことを考える。全員を生かすにはどうすればいい？

単純に考えるなら、犠牲が出る前に儀式を中断させること。

——あのルールが記された羊皮紙にも、儀式の中断方法が書いてあった。あれを実行すればいい。

だけど私にはまだ情報が足りない。

たとえばあの羊皮紙に書かれていた『黒杯（こくはい）』というアイテムが何なのかも知らないし、そもそもこの儀式が何の目的で行われているのかも分からない。

鶏を殺して血の紋章を描いたのが誰なのかも分からない。

分からないといえば、この城で百年前に起きた怪事件の真相も解明されていない。城にいた全員が殺されていたという怪事件。ある者は首を吊（つ）り、ある者は惨殺され、一人の例外もなく——。

……待ってよ、それって今の私たちの状況に似ているわ……！

百年前の事件と、今の私たちの状況の奇妙な符合。

そのことに気付いた瞬間、居ても立っても居られなくなった。

「……シャル、今何時か分かるかしら」

「え？　ええと——今は早朝の四時半ですね」

「ありがとう。……ということは、最初にハイディの悲鳴があがるまでは三十分以上あるわね」

「？　あの、悲鳴って……？」

「ごめんなさい。少し意味が分からないかもしれないけど、ちょっと私に付き合ってくれないかしら。今からこの城の中の捜索をしたいの」

「え、ええ……？　もちろんヘルミーナ様がそう仰るのであれば一緒に行きますが、どうして突然そんな捜索だなんて……？」

「この城の中で、見つけ出したいものがあるの。これからこの城の中では殺し合いゲームが行われる。それを止める為には、ある物が必要になるのよ」

「え、ええ……⁉」

「詳しいことは、この後でちゃんと全部説明するから」

そう言って私はシャルと一緒に部屋を出た。

向かう先は、この城の三階にある図書室。

まずはあそこにあった資料に、もう一度詳しく目を通してみよう。

*

「……同じ時間を、何度も繰り返してる……ですか？」

「そう。理由は分からないけど、時間がループしてるの。城に来て殺し合いのゲームが始まって、私は死ぬ。そしてまたゲームが始まる日の朝に戻ってくる。そんな経験を、もう何度も繰り返してるのよ。だからこの後でゲームが始まることも、そのルールも分かってるわ」

「まさか、そんな……」

図書室の中で、膨大な量の本を一冊一冊中身に目を通す。その傍らでシャルに全ての真実を話す。

手当たり次第に一冊ずつ内容を確認する。確認し終わった本はシャルがせっせと片付けてくれる。

「殺し合いのゲームは、ある手続きを取って、あるアイテムを壊せば中断できるらしいわ。私はそのアイテムを探し出して、犠牲者が出る前にゲームを中断させたいのよ」

アイテムとは、言わずもがな『黒杯』のことだ。

邪神召喚の儀式は、ゲーム初日の投票を白票で揃えた上で、黒杯を壊すことで強制中断できると羊皮紙のルールブックに書いてあった。

このゲームを犠牲者ゼロで終わらせることが出来る唯一の手段。

ただし、過去のループでは一度たりとも成功していない。

「……ヘルミーナ様の仰っていることは、ひとまず理解しました。それで、この図書室にその黒杯というアイテムがあるとお考えなのですか？」

「違うわ。この図書室に黒杯はない。あなたも含めてこの場所は、一度全員で捜索にあたったもの」

「え……？　私は、この図書室に来るのは、これが初めてですが……」

「ごめんなさい、初回のループで捜索したという意味よ。でもとにかく、この部屋に黒杯はなかった。その代わり探したいのは、『邪神召喚の儀式』について書かれた資料よ。それを見つけて、まずはこのゲームについての詳しい情報を知りたいの」

そもそも私はまだ、黒杯についての具体的な情報を知らない。どんな見た目をしているのか、このゲームにとってどんな関係があるのか……。

まずはそれを知ることが、黒杯にたどり着く最短ルートだと私は考えた。

「……ヘルミーナ様は何故ここに、その儀式についての資料があると思うのですか？」

「――百年前にこの城で、城主を含む大勢の人が全員死ぬ怪事件が起きたという話があったでしょう」

「え、ええ、聞きましたけど……」

「その怪事件、もしかしたらただの殺人事件ではなかったんじゃないかと思うの。――つまり、百年前もこの城で『邪神召喚の儀式』が行われたんじゃないかということね」

「え……!?」

そう考えると、妙に納得がいく気がした。

百年前、この城で邪神召喚の儀式という殺人ゲームが始まった。そして城の皆が殺し合い、全滅した。そう考えると、状況的にも色々と辻褄が合う。

……となれば、百年前にこの城にいた筈なのだ。邪神召喚の儀式をこの城で初めて企てた人間が。

　しかし当時は今よりも封建的で、使用人たちの地位が低かった時代。

当時のメイドや家来たちに、この殺人ゲームを始められるような深い知識があったとは思えない。となれば、ゲームを始めたであろう候補は一人だけ。

　――シュヴァルツェンベルク子爵。

　百年前の怪事件で死んだ、このシュヴァルツェンベルク城の元々の持ち主。

　城内の図書室には、百年以上前の図書が並んでいる。恐らく子爵は蔵書家の愛書家だった。

　その子爵がもし何らかの目的を持って儀式を始めたいと考えたのなら、その儀式に関する情報が書かれた資料も蒐集していた可能性が高い。

　その本が百年の時を超えて、埃を被って眠っていてもおかしくはない。

　そして、私は遂にお目当ての本を見つける。

　古代文字で『狼神教典儀』と書かれた本。

　装丁が黒革で出来ており、埃を被っている。

　かつて宮廷学院の図書室でチラッと見た、禁帯出の本と雰囲気が似ている。

「……読み通りね」

「え⁉　み、見つかったのですか⁉」

「ええ。きっと百年前に子爵が取り寄せた本よ。これを見て儀式を始めたのなら、黒杯についても書いてある可能性が高いわね」

私はすぐさま本を開き、内容に目を通していく。

中身は古代文字で記されていた。数百年以上昔に使用されていた言語。

現代人では読み解くのが困難だろうけど、私は難なく読み進めていく。

隣でシャルが目を丸くした。

「ヘルミーナ様、古代文字が読めるのですか？」

「宮廷学院に通っていた時、古代文字に関する研究をしていたもの」

「言語学専攻なのは知っていましたが、古代文字まで研究なされていたのですか……一体どうして？」

「子供の時に読んでいた探偵小説で、主人公が古代文字を読み解いて事件解決していたから。シャルも知ってるでしょ？『探偵アームストロングシリーズ』」

「ああ、あのレスリングが得意な言語学者の探偵ですね。子供に大人気のシリーズ」

「それが恰好良かったからよ。それ以外の理由はないわ」

雑談を交わしながらも、私は次々とページを繰っていく。

すると真ん中くらいのページで、儀式の中断に関する記述を見つけた。私はそれをゆっくりと翻訳しながら読み上げる。

「――秘儀の中断条件。『初日の投票にて参加者全員が白票を投じ、参加者全員が儀式に参加しない意向を示す。その後で黒杯を破壊すれば、儀式は強制中断される』。……これは元々分かっていた情報ね。食堂の羊皮紙にも書かれていた内容よ」

そして更に一ページを繰ったその瞬間。

——黒杯とは何か。邪神の儀式を開始した者に与えられる恩恵と罰。

今までのループで明らかになってこなかった新情報が、私の目に飛び込んでくる。

「……読むわね。——『狼神召喚の儀式の始め方。秘儀を始める者は、儀式の会場となる場所に狼神の紋章を魔法陣として描く。そして黒杯に生き血を満たせば、黒杯の中より獣頭人身の黒い影——狼神が召喚される。召喚者が狼神に対して『秘儀』の宣言を行うと、その場にいる人間全員が縄張りに幽閉される。そして狼神が人間たちに『役職』を与え、秘儀が開始される』」

——黒杯。その言葉の定義を、私は本の中についに発見する。

黒杯とはすなわち、邪神を召喚して儀式を始める為のもの。ざっくりした言い方をすると、起動スイッチのようなものらしい。

資料には黒杯の情報も記されていた。

大きさは、おおよそ三十センチほどのサイズ。

黒いカップに邪神を象（かたど）った狼の装飾がなされているらしい。

「次、恩恵と罰についても読むわね。——秘儀を開始した者は、他の参加者と同様、秘儀に巻き込まれる。狼神によって参加者は悪魔と人間に分けられ、殺し合いを行う。その結果、秘儀の開始者が生存者二名以下の状態で生き残り勝利した場合、褒美として開始者に限り〝呪力〟を手にすることが出来る。呪力は殺したいと願った人間を、場所や人数を問わず何処にいても殺すことができる禁断の力である」

……なるほど。つまりこの城の中には、この禁断の力を使ってでも誰かを呪い殺したいと願う人間がいるということか。

それでいて、素知らぬ顔で黒杯なんて知らないと装っている。とんだ狐だわ。

「……ヘルミーナ様、それって……」

「ええ、私たち八人の中に儀式を始めた邪神の召喚者がいる。便宜上〝黒幕〟と呼びましょう。その黒幕を突き止めれば、自ずと黒杯がどこにあるのか分かるわ。……そしてこの本がここにあったということは、やっぱり百年前の事件は、今回と同じように――」

そう結論を導き出そうとした、その時だった。

外から悲鳴が聞こえてきた。城の鶏小屋で邪神の紋章を発見したハイディによる悲鳴だ。

「……始まったわね」

「その、例の殺し合いのゲームですか……？」

「ええそうよ。悪魔と人間に振り分けられて、互いを憎み合って殺し合う最悪のゲーム。でももう、邪神の望む通りにはさせないわ」

「え……」

「私は、このゲームを全員生存で終わらせてみせる。その為に、悪魔探しではなく黒幕の人間を特定してみせるわ」

そして黒杯の所在も聞き出してみせる。

そうしなければ、このゲームを犠牲者ゼロで中断させることはできない。

「……行きましょう、シャル」

私は強い決意を胸に、覚悟を決めて立ち上がった。

――黒幕は邪神の力を使ってでも誰かを殺したいと思っている。でなければ、こんな儀式を始める必要がない。

でも、一体誰が？　……まだ分からない。

それを特定する為にも、一人一人の話を聞いてみよう。

私はまだこの城にいる大半の人のほんの一面しか知らない。

前回クリストフの話に耳を傾けた結果、相手の別の側面が見えてきた。

きっと他の人たちも、まだ私が知らない過去や背景を背負っている筈。

まずは、一人一人の話に耳を傾けてみよう。

＊

今回は私たちが鶏小屋に行かなかった以外は、いつもと同じ経緯を辿った。

私は食堂へ行く前に一度部屋に戻って着替える。

そのタイミングでベッドを探ると、小さな羊皮紙が見つかった。今回の役職を確かめる。

役職の人数は前回と同じだった。

悪魔が二人、崇拝者が一人、聖騎士が一人、予言者が一人、医者が一人。

私の役職は『予言者』。悪魔を唯一見つけることができる重要な役職だ。

今となっては、悪魔を見つけることは重要ではない。

最も重要なのは、悪魔ではなく黒幕を見つけ出すこと。

その為に、この予言者という役職の能力をうまく利用して皆の話を聞き出そう。

表向きはゲームに協力的な姿勢を見せておかないと、皆から疑われて話を聞くどころではなくなってしまう。

……上手(うま)くやらないと。私には過去の記憶があるのだから、きっと上手く立ち回れるわ。


【二日目・昼】


「それでは、白紙投票で揃えるのは諦めるということかしら？」

「はい、無理に決まっています」

クリストフは私の言葉にそう頷(うなず)く。食堂に集められた一同は、私たちのやり取りを見守っていた。

黒杯はまだ見つかっていない。だからゲームの強制中断は出来ないけど、それでも一応全員の白票揃えだけでもできないか試してみた。

しかし、やっぱり無理だった。初回のループ同様に、クリストフから反発を食らった。

ということは、今回のループではクリストフは悪魔じゃない。

それが分かっただけでも価値がある、そう思った。

「……では、処刑に関する議論を始めましょう。役職持ちで名乗り出ても構わないという人は、今のうちに教えてください。ちなみに私は予言者よ。聖騎士の方は今夜私をお守りくださいね」

「ま、待ってください。僕も、いえ、僕が予言者です……！」

「あら」

ウルリッヒだ。真の予言者は私なので、彼は偽物の予言者として騙り出たことになる。

ちなみに私が今日予言者として名乗りを上げたのは、早々に信頼を集めて皆の話を聞きやすくしたかったから。

最悪名乗り出たことで悪魔に狙われ死んでも構わない。

だって死んでもループができるのだから。とにかく他の人たちの情報収集をする為に、信頼度の高い役職をとことん利用させてもらう。

……と、そのつもりだったのだけど、ウルリッヒが対抗してきた。

彼は恐らく悪魔か崇拝者なのだろう。それが分かったのも収穫だわ。

「ふむ？　予言者は一人の筈ではないのか？　どちらかが偽物ということか？」

「私が本物よ。ウルリッヒが悪魔か崇拝者かは分からないけど、名乗り出てくださって感謝するわ」

「えーっ、どうしてですかぁ？」

「だって今夜私が死ねば、私が本物の予言者だったと証明されるでしょう？　悪魔が悪魔を殺す筈がないもの。私が悪魔なら、今夜は絶対に予言者を狙わないわ」

「え？　え？　……あー、そっかぁ！　頭いいなぁ～！」

ハイディは尊敬の眼差しで私を見る。ウルリッヒは露骨に狼狽えた。

彼が気の弱い人だというのは、今までのループで分かっている。

悪魔か崇拝者かは分からないけど、何らかの役職持ちになったことでパニックになって、何かしなければと焦って名乗り出てしまったのだろう。気の弱い人間のやりそうなことだ。

「い、いや、僕は、そんなつもりじゃ……」

「現時点では、どちらが本物の予言者か判別できないでしょう。本日は私とウルリッヒへの投票は控えてください。ところで医者はいらっしゃいます？」

「あ、はい。俺が医者です」

「待ってください、クリストフさん。私も医者との託宣を受けています」

クリストフとシャルが、同時に医者の名乗りをあげる。

「またどちらかが嘘を吐いている、ということか。これでは嘘吐きばかりではないか！」

レオンが頭を抱える。私は四周目だから、悪魔や崇拝者が嘘を吐くシチュエーションも難なく呑み込める。でもまっさらな状態で今の状況に放り込まれたら、相当混乱するだろう。

それにしても……崇拝者が一人しかいない以上、もう一人名乗り出た偽の役職持ちは、当然悪魔だ。

なぜ今のタイミングで悪魔が騙り出るのかしら？　現時点では悪魔が偽の役職を騙るメリットはない。前回、三周目では本物の予言者が死んでいると踏んだから、悪魔であるクリストフが予言者を騙るメリットがあった。でも今はそうじゃない。

……こう考えるのは、私自身が何度もループして知識と経験があるから。

普通の神経をしていたら、こんな状況ではパニックになっておかしな行動に出てもおかしくない。

ということは、悪魔の可能性が高いのは、やっぱりウルリッヒかしら？　この面子でパニックになりそうな人物といえば、彼が一番相応しいように思う。シャルやクリストフが悪魔なら、もう少し冷静に立ち回るだろう。

さっと皆を見回して、難色を示している者はいないか探る。今のところ悪魔が役職持ちを騙るメリットは少ない。にも拘わらず相方が名乗り出れば、もう一人の悪魔は苦々しく思っている筈だ。そんな表情を一瞬でも浮かべている人は――いた。

クライン氏が唇を歪めて、私たち役職持ちを睨んでいた。彼は私の視線に気付くと、慌てて視線を逸らす。

……ああいう反応を見せたということは、彼が悪魔である可能性が濃厚か。

「医者に関する議論も、今は保留にしておきましょう。ちなみに聖騎士は名乗り出るメリットが一切ないから黙っておいた方がいいわ」

「それでは残りの人々の中から、投票を行うということですかな?」

クライン氏が全員を見回す。

残りの人というと、クライン氏、レオン、ヤスミン、ハイディだ。

「ふむ……じゃが今のところ、誰も怪しくありませぬな。さて、どうしますか?」

誰も答えられずにいると、クライン氏は続ける。

「いっそのこと、この中から一番今後の話し合いに貢献しそうにない者を犠牲に選ぶ——というのは如何(いかが)ですかな?」

「どういう意味?」

「場を混乱させてしまいそうな者、まともな話し合いが出来そうにない者は早めに切り捨てた方が、議論をスムーズに進行できるでしょう」

食堂にいる全員が一斉にハイディの方を見た。

今の条件に当てはまるのは、この四人の中ではハイディだ。

「ちょ、ちょっと待ってくださいよっ⁉　あ、アタシが⁉　なんで⁉」

確かにこれまでのループで、彼女は貢献らしい貢献をしていない。

だけど、だからといって彼女を切る流れにするのもどうだろうか。

ハイディは泣きそうな顔になって抗議する。

「イヤですよ、そんなのっ！　役に立ちそうにないから殺すなんて、このクソジジイ何言ってんのよ⁉　ボケが始まってんじゃないですかぁ⁉」

「落ち着きなされ。儂はまだ誰を選ぶかは言っておりませぬぞ」

「みんなアタシの方を見てるじゃないの！　アンタも、アンタも、アンタも！　みんなアタシを役立たずだと思ってるんでしょ⁉　死んでも構わないって思ってるんでしょ⁉　冗談じゃないわよ‼」

涙目になって泣き叫ぶハイディ。その姿は痛々しいけど、一人一人を睨みつけて指を差す姿はこの場にいる人々の心証を悪くしてしまったようだ。

「まあ……いいんじゃないですか？　他に候補もいないというなら」

「ハイディ、人に向かって指を差すものではないぞ」

「まったく、この子ときたら本当に躾がなっておりませんね……」

皆は口々にハイディを責める。彼女はますます孤立していった。

……前回までの私なら、この流れを受け入れていたかもしれない。だけど今は違う。

何より今のやり取りで、クライン氏への疑惑がかなり強くなった。

今までの彼はこんなことを言い出さなかった。

さっきの目つきといい、今回のクライン氏はかなり怪しい。彼の思惑に乗るのは危険だ。

「待って。やっぱり今ここで誰かを切り捨てるのは危険じゃないかしら？」

「ヘルミーナ様？　何を言い出すんですか」

「聞いてクリストフ。確かに初日に悪魔を吊るせれば、人間陣営にとってメリットになるわ。だけど同時に、人間陣営にとって重要な役職を吊るしてしまうデメリットもある」

「役職持ちはもう名乗ったでしょう。騙りもいるようですが、とりあえずあの四人を除外すれば――」

「役職持ちはもう一人いるわ。絶対に名乗り出ることが出来ない役職、『聖騎士』が」

私の言葉にクリストフが口を噤む。私は構わず続けた。

「これだけ役職持ちが名乗り出れば、残った人の中に聖騎士がいる可能性が高い。もし誤って聖騎士を処刑してしまえば、人間陣営は最悪のピンチに陥る。役職持ちを守れる人間がいなくなるからよ」

「……じゃが聖騎士なら、吊られる前に自分がそうだと名乗ればよろしいのでは？」

「言える筈がありません。聖騎士は自分を守れません。ここで名乗り出たら今夜確実に悪魔に殺されるだけです」

「確かに……一理あるかもしれませんね」

　クリストフが納得する。

　ハイディは、泣き腫らしていた目を大きく見開いて私を見た。

「それにもう一つ懸念があるわ。確かに今日の内に悪魔を処刑できればそれに越したことはない。だけど誤って人間を吊るしてしまえば、悪魔に対抗する人数を減らしてしまうことになる。だから提案します。――やっぱり今日の処刑は見送りませんか？」

「…………」

「今日の内に悪魔を吊るしにいくのが『攻めの戦法』なら、私が提案したのは『守りの戦法』。ここは守りに回った方がいいと思います。皆さんはどう思われますか？」

人間陣営のメリットを念頭に置いて、論理的に説明する。

するとまずはクリストフが、続けてレオンの態度が軟化する。

彼らの反応はヤスミンやハイディにも伝播していった。

ウルリッヒとクライン氏も頷かざるを得ない空気が出来上がり、今日の処刑投票は見送りという形になった。

「しかし今日の投票を飛ばした分、俺たちは悪魔を吊るす機会を一度見逃します。……その分、あなたは予言者として絶対に悪魔を見つけてください」

「ええ」

本日の話し合いはお開きとなった。

皆が食堂から出ていく直前、クリストフは私にそう囁いた。

彼の意にそぐわない形になったと思う。だけどまだ私への信頼は失われていないようだ。

まだ日没までは時間がある。

私は今日、予言者の対抗として出てきたウルリッヒの反応が気になっていた。

もしかしたら彼から色々話を聞き出すチャンスかもしれない。そう思って彼の後を追おうとしたが、その前にハイディが泣きじゃくりながら私に突進してきた。

「ヘルミーナ様あぁぁ――――――っ！！！」

「きゃあっ！？！？」

「うわあああんっ、ヘルミーナ様、ヘルミーナ様、ヘルミーナ様ぁっ‼　あ゛り゛が
ど゛う゛ご゛ざ゛い゛ま゛ず゛ぅっ‼　ヘルミーナ様のおかげで、アタシ、あたしっ、
死なずに済みましたぁっ……うえええええぇぇんっ‼」

「え、ええ……良かったわね」

　ハイディは顔面をぐちゃぐちゃにして泣きついてきた。

　私の腰に腕を回して離れない。まるで飼い主にまとわりつく犬のように。

　思えば前回も、彼女は私に懐いてくれた。それなのに私はハイディを裏切った。けれど
今回は結果的にハイディを守ったことになる。

　これで帳消しになったとは思わないけど、それでも少しは彼女に償えただろうか。

「もう大丈夫――とは状況的に言えないけど、ひとまず今日は安心よ。もしあなたが聖騎
士なら、今夜は頑張って活躍してね」

「あの、そのことなんですけど……実はアタシ、役職なんて何も……」

「ハイディ、そういう大事な情報を簡単に明かしてはダメよ。もし私が偽物の予言者で、
本当は悪魔だったらどうするの？」

「あ……っ！」

「次からは、安易に自分の情報を人に言ってはダメ。頑張って、狙われないようにね」

「は、はいっ！」

ハイディの力が緩むのを感じて、私は離れる。

それから最初の予定通り、ウルリッヒの後を追った。

「……ヘルミーナ様、カッコいい……！」

何かハイディの呟きが聞こえたような気がするけど、今はそれどころじゃないわ。

今もっとも話を聞きたいのはウルリッヒだ。

前回のループで私はウルリッヒの素顔を見た。狼の仮面の下には、傷一つない素顔が隠されていた。

最初この城を訪れた時に聞いた話では、彼は自分の素顔に醜い傷跡があるから仮面を被っていると言っていた。だけどそんな傷跡は存在しなかった。

つまり、ウルリッヒは明確に嘘をついている。

そしてこれも前回聞いた話だけど、この地方には白髪に赤目の人間を『邪神の生まれ変わり』と呼ぶ因習があるという。

迷信だとは分かっている。それでも邪神の符号を持つウルリッヒは、今一番話を聞き出してみたい相手だと感じた。

私はウルリッヒの小屋がある裏庭に出る。すると、ウルリッヒが林の中に入っていくのが見えた。

私も彼の後を追って林に入る。大柄で歩くのが速いから、なかなか追いつけない。

処刑場のある方角とは違う方向へ、ウルリッヒは進んでいく。

やがて城壁が見える行き止まりの場所で、ウルリッヒは立ち止まった。

ようやく追いついた私は声をかける。

「ウルリッヒ」

「え……っ⁉　あ……ヘルミーナ、様……⁉」

彼はひどく狼狽していた。本来敵対すべきであるもう一人の予言者が突然話しかけてきたのだから無理はない。

振り返った彼が見ていた先には、古びた粗末な石碑があった。石碑の前には、まだ新しい花が置かれていた。

「それは墓石かしら？　お墓に花を供えているの？」

「あ、ぅ、その……」

私は墓石の前に向かう。近くで見れば見るほど、名前も刻まれていない石碑だ。でもよく手入れされているのか、周りには雑草も生えていないし、石碑に苔もない。

よく見れば、墓石は一つではなかった。他にもいくつもお墓がある。

こんな場所にこんなお墓があることなんて、こうしてウルリッヒの後をつけるまで全く気付かなかった。

「こんなに沢山……誰のお墓なの？」

私が尋ねると、ウルリッヒは観念したように息を吐いた。

「……こちらのお墓は、城の名前にもあるシュヴァルツェンベルク一族の先祖のお墓です……庭師の僕が整備しなければ、どんどん荒れていってしまいますから……」

――シュヴァルツェンベルク一族。

それは百年前までこの城の主だった一族の名前。

だけど百年前、当時城にいた人々は全滅。

当時儀式を始めたであろうシュヴァルツェンベルク子爵も含めて、この一族は死に絶えた。

これはウルリッヒの背景を知ると同時に、シュヴァルツェンベルク家についても詳しい情報を知ることができるチャンスなのかもしれない。

私はそんな内情を悟られないよう、気を付けて口を開く。

「そうだったのね。……私にもお祈りさせてくださる？」

「は、はい……どうぞ」

「ありがとう」

墓石の前で手を組んで、祈りを捧げる。ウルリッヒは持ってきた花を墓に供えていった。私も少し受け取って、墓石に花を供える。

「こちらの一番大きな石碑は、誰のお墓なの？」

「……百年前の城主の、シュヴァルツェンベルク子爵のお墓です……」

「そう、これが――。その隣にある、小さなお墓は？」

「こちらは……シュヴァルツェンベルク子爵のご子息、クルト様のお墓です……」

「そうなの……でも随分と小さいわね」

「……そう、ですね。クルト様が亡くなられたのは、五歳の時ですから……」

「五歳？　そんなに幼くして亡くなってしまったの？　ご病気か何かで？」

「……いえ、違います……殺された、んです……」

「……殺された？　たった五歳の子供が⁉」

その情報に私は引っかかる。

まさか、儀式に巻き込まれた？　表情を曇らせる私を見て、ウルリッヒは先を続ける。

「この辺りの土地には、白い髪に赤い目を持つ人間を、『邪神の生まれ変わり』として忌み嫌う風習があります……ご存知、でしょうか？」

「え、ええ。知っているわ。でも、それが何か関係が？」

「その……邪神の生まれ変わりの人間を、大勢で迫害するという風習もあって……」

「まさか、その息子さんが五歳で亡くなった理由って……」

「……はい。シュヴァルツェンベルク子爵ご子息のクルト様は、生まれつき白髪に赤目だったそうです……最初は父である子爵に城に隠されていたらしいのですが、ある日ハンメルドルフ村の人間に見つかり……暴行され、殺されてしまった、そうです……」

「……ひどい」

前回のループでハイディがウルリッヒの素顔に怯（おび）え、『邪神の生まれ変わり』と呼んで、恐れていたのは覚えている。

だけどまさか、そんな年端もいかない子供まで犠牲にしていたなんて――。

「クルト様の遺体は忌まわしいとされ、城の外にお墓を造ることが禁じられました……だから、子爵は人目につかない、こんな場所にお墓を造られたんです……そして、自分も死後は、息子の側に葬ってほしいと……言っていた、そうです……」

「そう……だったの。それで、その後に例の怪事件が起きたのね？」

「……はい。事件の不気味さもあって、子爵たちの遺体もまた、城の外に出すことは厭わ(いと)れて……当時、既に城を離れていたおかげで難を逃れた元使用人が、ここにお墓を造ったんです……」

「……やりきれない話ね……」

「はい……」

そんな歴史があるのなら、同じく白髪に赤目のウルリッヒが狼の面をつけて人を遠ざけていた理由は十分に納得できる。それぐらいこの土地では忌み嫌われる象徴なのだ。

その容姿というだけで、ウルリッヒは相当痛ましい過去を送ってきた筈だ。

「……あなたにも、何か辛(つら)い過去があったのではなくって？」

「辛い過去、ですか……？」

私は慎重に彼に質問を投げかける。

私がウルリッヒの素顔を見たのは前回のループだ。今この瞬間において、私はウルリッヒの素顔を知らないことになっている。

「その、今の話を聞く限り、この土地は変わった人への迫害に容赦がなさそうだから……あなたにも色々あったのではないかと思って」

「………」

「……もしよかったら、あなたについてもっと聞かせてくれないかしら。私は確かにあなたと敵対するもう一人の予言者だけれど、一方でアインホルン家の代表としてここに来ている人間でもあるわ。この城の管理をする家系の人間として、使用人であるあなたのこともちゃんと知りたいと思うの」

「……そう、ですね……」

ウルリッヒは考え込む。

もし彼が今回の『邪神召喚の儀式』を始めた黒幕なら、彼は人を自由に呪い殺す〝呪いの力〟を欲していたということになる。

つまりそれだけ誰かに苦しめられ、呪い殺してやりたいと思っているということ。

それだけ人を恨むような背景がウルリッヒにあるのか、それが知りたい。

けど、ウルリッヒから返ってきたのは、意外な返事だった。

「……確かに、良いことばかりの人生ではなかったですし……両親も死んでしまって、辛いこともありました……。でも、そんな時に、ヤスミンさんが助けてくれたんです……」

「ヤスミンが？」

「はい……ヤスミンさんは、僕の祖父母と友人でした……。その縁で、僕の両親が亡くなったのをきっかけに、僕のことを色々とお世話してくれるようになったんです……。当時まだ子供で、両親を失ったばかりだった僕にとって、ヤスミンさんは新しいお母さんのように思えて……本当に、支えられました……」

「そうだったの。あなたたちにはそんな関係があったのね」

初めて知った。ウルリッヒとヤスミンの間にあったという疑似的な親子関係。

前回のループでウルリッヒが処刑された後、ヤスミンが異常に消沈していたのはこれが原因だったのか。

「僕は、外の世界とは距離を置いてきたから……だから、酷い目に遭うことはなかったんです……人と違うことで孤独を感じた時も、ヤスミンさんが支えてくれました……だから、辛い過去というものは……僕自身には、ありません」

「そうなのね」

私はウルリッヒの発言に頷く。彼の言葉に嘘はなさそうだ。

結局のところ、誰かを憎悪するほどの強い感情は、人と人との関わりの中で生まれるものだ。

こんな山奥での暮らしは孤独だろうけど、彼には常にヤスミンという理解者がいた。そして人と接する機会が少なかったからこそ、悪意に接する機会もなかったのかもしれない。

そうなると、彼は儀式を始めた黒幕とは考えにくくなる。悪意とは無縁の人間が〝呪いの力〟に手を出そうと考えるとは思えない。

……ただ今の発言が本当に本心なのか、表面的に取り繕っているだけなのかは分からない。

時刻はそろそろ夕方に近付いている。今日はこれ以上話を聞いても、状況は変わらないだろう。

もし明日も私が生きていたら、ウルリッヒにまた話を聞こう。そう考えて私は立ち上がる。

「言いにくいことも話してくれてありがとう。嬉しかったわ」

「……は、はい……」

震えながら頷くウルリッヒの姿は弱々しく、どこか痛々しい。

「もし良ければ、明日もまた話しましょうね」

ウルリッヒに見送られて、私は城へと戻った。


【三日目・昼】


三日目の朝は、誰も欠けることなく全員が食堂に集まった。

「昨夜は誰も殺されずに済んだわね」

「ということは、聖騎士が悪魔に狙われた者を護衛できたのじゃろうか？」

「そうだと思いますわ、クライン様。とにかく死者が出なかったのは何よりの幸いね」

こうして一人も欠けることなく、本日の話し合いが始まる。

本日の口火を切ったのはシャルだった。

「医者として、一応報告します。今朝医者の能力は発動しませんでした。昨日は誰も処刑されていないので、判別できる対象がいなかったからだと思います」

「俺も同じ結論に達しました。医者の能力は処刑がないと発動しないみたいだな」

シャルとクリストフが報告する。

この時点では二人の医者は同じ意見だ。どちらが本物の医者かは分からない。

「先に発言したのはシャルの方ね。内容は同じだけれど、先に発言したシャルの方が少しだけ信頼度は高いかしら」

クリストフはムッとした表情で私を見る。レオンもすかさず擁護に入った。

「ヘルミーナ、今のは聞き捨てならないな。先に言ったかどうかで決めつけるなど、暴論ではないか！　少しは言葉に気を遣ったらどうだね⁉」

「――確かに、それもそうかもしれないわね。クリストフ、今の言葉は私が言い過ぎたわ。撤回するから、許してくださらないかしら？」

「へ？　いや、何も頭を下げる必要はありませんが……」

素直に謝罪されてクリストフは面食らう。レオンも拍子抜けしたように私を見た。

正直に言えば、今はクリストフの正体はどうでもいい。

私の目的は、役職者は自分の持っている結果を早く言わないと、怪しまれることがあるという空気感を作り出すこと。

この空気によって、私の対抗予言者であるウルリッヒがどう動くのかを見てみたかった。

「医者の報告が終わったところで、次に予言者の報告を私から行うわね。私は昨晩レオンを占ってみたわ。占いの結果、レオンは人間でした」

「ん、私を占ったのか？　人間というのはその通りだが、何故私を占ったのだね？」

「今日の投票では、役職のない四人が対象になる可能性が高いと思ったからよ。少しでも悪魔を当てる可能性を高める為に、クライン氏、ヤスミン、レオン、ハイディの誰かを占おうと思ったの。ハイディは昨日の反応がとても人間らしいと思ったから除外したわ。そして私にとって、一番悪魔だと困る人を占ってみたの」

「なるほど。確かに婚約者が安全だと保証しようとするのは、とても自然な心理だな」

「悪魔は当てられていないが、レオンハルト様の潔白は証明されましたね。まあ、いいでしょう」

レオンもクリストフも納得して引き下がる。

「それで、ウルリッヒはどう？　対抗予言者のあなたは、どんな結果を持っているのかしら？」

「え、え、えっと……」

あからさまに焦り出すウルリッヒ。

私が本物である以上、彼は偽物の予言者として占い結果を仕立て上げなければならない。

になる。

　でも、本物の予言者も医者もいる以上、下手なことを言えば後々自分の首を絞めることになる。

　かといって熟考している暇もない。素早く答えなければ疑われる。焦り故に、彼はどんな行動に出るのか。誰もが固唾を呑んでウルリッヒの発言を待つ。

　――そして、ウルリッヒは焦ったような表情で占いの結果を口にした。

「……あ、あの、僕は予言者として、報告します……クラインさんは、悪魔でした……」

　その言葉を聞いた瞬間、周りの人たちは目を見開いた。さらにその直後、悪魔と名指しされたクライン氏が、声を荒らげる。

「なっ⁉ 何をバカなことを！ 皆様、騙(だま)されてはなりませぬぞ！」

「その者は虚偽の告発をしている！ ということは、どういう意味か？ ウルリッヒは偽の予言者ですじゃ！ 彼こそが悪魔じゃ‼」

「……で、でも占ったら、そう出たん、です……！」

「長年祓魔師(エクソシスト)として悪と戦い、神に奉仕してきた儂が、悪魔である筈があるまい‼」

「いや、それはおかしいぞクライン殿。あなたが教会から派遣された祓魔師だからといって悪魔にならないというのは、根拠に乏しいと思うがね」

　クライン氏とウルリッヒの言い合いに、首を捻(ひね)ったレオンが割って入る。

「そもそもクライン殿、あなたは昨日ハイディの処刑投票に賛成していたな。聖職者であるあなたがまだ犠牲者の出ていない状況で、無辜(むこ)のハイディの投票をするのはおかしいと思ったのだがね」

「それを言ったらレオンハルト様も、最初ハイディの処刑はやむを得ないと仰っていたであろう！」

「あなたは聖職者、邪神に毅然と対抗する立場だ。そのあなたが誰も犠牲が出ていない段階で、処刑に賛成していたことが怪しいのだ。ヘルミーナに人間判定を貰った私よりも、あなたの方がずっと怪しい」

「ぐッ――くうぅぅぅぅッ……!!」

　クライン氏は凄まじい形相でレオンを睨む。レオンは人間判定を貰った瞬間から、余裕を持って振舞い始めていた。

　場が混乱していく中、私はウルリッヒをじっと見つめる。

　彼はなぜクライン氏を告発したのだろう？

　自分から疑惑の矛先を逸らしたくて、身内を切り捨てようとしているのか。

　それとも焦って、もう一人の悪魔であるクライン氏を本当に悪魔ですとうっかり口走ってしまったのか。

　これまで見てきた彼の性格、そして悪意に対する耐性のなさから考えると、恐らく後者であるような気がする。

　そんな考えを巡らせている内に、レオンが投票用紙を持って立ち上がった。

「とにかく、予言者からの告発がある以上、大した説得力のない言い訳だな。他に疑わしい人物はいないか？　いないのなら投票を始めようじゃないか。まずは私から票を投じよう。私はクライン殿に票を入れるぞ！」

レオンはわざと宣言して投票箱に用紙を入れる。クリストフがすぐに同意を示した。

「俺も。レオンハルト様と同じく、クラインさんに一票」

「わたくしも、クライン様に票を入れます。ウルリッヒ、あなたはどうしますか？」

「……ぼ、僕も、クラインさんに一票を入れます。彼は、悪魔です」

「えーっとぉ、じゃあアタシもクラインさんに……」

皆はレオンに倣って、あえて宣言して投票する。

激昂したクライン氏が、テーブルを叩いて立ち上がった。

「な、何故じゃ、この痴れ者どもがッ‼　儂は祓魔師じゃぞ⁉　儂がいなくなれば、貴様らはすぐ邪神の餌食になるのじゃぞ！！！　貴様も、貴様も、貴様も‼」

クライン氏は私たち一人ひとりを指さして叫び始めた。

暴れようとするクライン氏を、クリストフが背後から押さえ付ける。クライン氏は顔を更に赤く染めていたが、最後には観念したのかおとなしくなった。

「ヘルミーナよ、君は投票がまだのようだが、君はどうするのだね？」

「……この状況で投票しないというのは、おかしいわよね」

「当たり前だろう。悪魔である可能性がある者がいる以上、処刑は絶対に行うべきだ。昨日とは状況が違うのだからな」

出来れば犠牲者はなるべく減らしたい。だけど、この流れで昨日のように処刑対象を庇い始めたら、さすがにもう一人の悪魔なのではと疑われて私が殺されかねない。

だけど、それでも……。

「レオンハルト、やっぱり私は――」

「ヘルミーナ様。私はクライン様に投票します。ヘルミーナ様もそうなさいますよね？」

「シャル？」

「ね？　……そうしてくださいますよね？」

シャルが私の肩に手をかけて、念押しするように繰り返した。

その手から切実な思いが伝わってくる。

彼女は私が反対しようとしていることに気付いている。

でもそんな真似をしたら、次は私が疑われてしまうと止めようとしているのだ。

「クライン様はもう五票集めてしまっています。最多得票者は確実です。無意味な行動は、控えてください」

「……分かった、私もクライン様に投票するわ……」

有無を言わせないシャルの迫力に気圧されるように、私は頷いていた。

「おお、神よ、我が神よ！　なにゆえ我を見捨て給うたか！」

クライン氏は叫ぶが、これでクライン氏の処刑は満場一致で確定した。

「それでは、このままクライン殿を処刑場まで連れて行こうではないか。クリストフ」

「はい」

抵抗するクライン氏の腹をクリストフが殴る。クライン氏は短い悲鳴を残して気を失った。その体を、クリストフが麻袋のように担ぎ上げる。

林の奥の処刑場に到着すると、そのままクライン氏の首にロープを巻き付ける。わざわざ覚醒させてから殺すよりも、眠らせたまま逝かせる方が慈悲だ。皆はそう合意した。

「ぐえっ――」

クライン氏の喉奥から潰れたカエルのような声が漏れた後、糸が切れたように動かなくなった。

……死なせてしまって、ごめんなさい。

私の目的は情報収集であって、悪魔を吊るすことじゃない。

できれば誰も死なせたくなかった。

だから昨日の時点でクライン氏が怪しいと分かっていたのに、あえて彼を占わなかったのに。

助けてあげられなくて、ごめんなさい。

でも今回のループで集めるべき情報が集められたら、このループを終わらせて次のループへ行って、あなたの死をなかったことにするから。

そう心の中で呟いて、私は次の行動へと移った。

＊

ザクザク。

ザクザクザク。

林の奥。シュヴァルツェンベルク一族のお墓の近くで、ウルリッヒが墓穴を掘っている。

「ウルリッヒ」

「ヘルミーナ様……」

「この花を、クライン様に供えてあげて」

部屋から持ってきた花を墓穴の脇に供える。

「……可哀相な最期だったわね」

「はい……」

今回、ウルリッヒはクライン氏を悪魔として告発した。

でもそのことを責める気はない。今私がやるべきことは、彼の本心を探ること。

そして彼が邪神の呪いの力を欲し、この儀式を始めた人間なのか最終判断を下すこと。

昨日の言葉が本心なら、彼は黒幕候補から外れる。だけど、すべてが演技であるのなら
──計算ずくで狡猾に身内切りをやってのけたのなら、彼は黒幕に相応しい。

「ところでウルリッヒ。もしこの城の外へ出られたら、やってみたいことはあるのかしら？」

「えっ……？　やりたいことですか？」

この話題に特に意味はない。

彼について色々話を聞きたいから、とりあえずは当たり障りのない話を振ってみる。

「……ええと……そうですね、庭師の仕事は好きなので、この先も続けていきたいですね……」

「そうなのね。あなたの庭師としての腕は確かだと思うわ。他の土地でもきっと通用するでしょうね」

「あ……ありがとう、ございます……」

「庭師は造園空間を設計したり管理したり、定期的に剪定したりと専門的な知識や技能が求められる仕事よね。あなたもハイディのように、都市に出て勉強したいと思わないの？」

「え……？」

「もしそうなら、私が全面的に支援するわよ。仮にも貴族の令嬢ですから」

「…………」

ウルリッヒは黙り込んで、胸の前で両手を握る。しばらく待っていると、絞り出すように声を発した。

「ある、けど……僕は、人の中では暮らしていけないから……」

「……それは、どうして？」

「……僕の素顔を見られたら、みんなに嫌われる……嫌がられるので……」

「――それは、あなたが白髪に赤い目をしているからかしら？」

「……っ⁉　な、なんで、そのことを……⁉」

「昨日の話で、直感的にそう思ったのよ。百年前、子爵のご子息が白髪に赤目というだけで迫害されたと話していた時のあなたの口調。まるで自分のことを語るような感情が込められていたように感じたわ」

もちろん、これはほとんどでまかせである。

私は前回のループで、彼の素顔を見ている。だから真実を知っている。

「この地方では、白髪に赤目の人間は邪神の生まれ変わりとして忌み嫌われてしまう。……だからあなたは、その被害を防ぐために狼の面をつけている。そう考えれば頭部までしっかり覆う狼面であることにも納得がいくわ。顔に傷があって隠したいのなら、顔を覆うだけの仮面の方が通気性が良いもの。そうじゃない？」

「…………」

「でも、それはあくまでこの土地の風習の話でしょう。都会では邪神の生まれ変わりなんていう風習は根付いていないわ。都会に出たら自由に色々なことが出来るし、あなたがそれを望むのなら協力する。どうかしら？」

「……だけど、僕は……」

ウルリッヒは困惑した様子で俯いて、そのまま黙り込んでしまう。

このループで実現するかどうかはともかく、彼にとって悪い話ではないと思うのだけど、なぜか返答に窮している。

——その時、背後から声がかけられた。

「ウルリッヒがこの場所を離れないのは、彼がシュヴァルツェンベルク家の子孫だからですよ。ヘルミーナ様」

「えっ⁉」

思わず振り返ると、そこにはヤスミンが佇んでいた。手には花を携えている。彼女もクライン氏のお墓参りに来たのだろうか。

でも、そんなことよりずっと気になる言葉を彼女は言った。

ウルリッヒがシュヴァルツェンベルク家の子孫って、どういうこと……？

「や、ヤスミンさん、それを言っては……っ‼」

「すみません、話し声が聞こえてきたもので。でも今のお話を聞いている限り、ヘルミーナ様は話の分かる方だと思うわ。ウルリッヒ、思い切ってあなたの話をしてみてはどう？」

言葉を失う。この城の人々には、まだこんな驚くべき秘密が潜んでいたのか。

……少し、情報を整理しよう。

「え——っと、シュヴァルツェンベルク一族は、百年前に全員亡くなられたのではないの？　ご子息も五歳でお亡くなりになっているから、子孫が残ってるはずが……」

「子爵には子供が二人いたのです。亡くなった息子、クルト様の妹は、惨劇が起きる直前に、引退した使用人の家に預けられました」

「……もしかして、このお墓を造った使用人かしら？」

「はい。そして、そのクルト様の妹を引き取った使用人とは、わたくしの先祖でございます」

「‼　そう、そんな繋がりがあったのね……」

「それ以来、シュヴァルツェンベルク一族の子孫は、この山に身を隠して細々と生き残っていました。その唯一の末裔が彼です。彼のフルネームはウルリッヒ＝シュヴァルツェンベルクです」

驚きすぎて咄嗟に言葉が出てこない。ヤスミンは構わずに続ける。

「わたくしもウルリッヒが幼少期の頃より、都会に移れと言っておりました。けれど彼は移りませんでした。自分がここを離れれば、先祖の墓を見てあげられる人がいなくなるからと」

私はウルリッヒを見る。彼はヤスミンの言葉を否定することなく、俯いていた。

「僕がここを離れたら、誰もご先祖様のお墓を見てくれる人がいなくなるから……外では、色々と言われているようですが、僕にとっては大切なご先祖様で……可哀想な人たちなんです。だから、子孫である僕が、弔い続けてあげないと……いけないんです」

「……私は、城に残りたいという彼の意思を尊重いたしました。しかし未だ迷信が根付くハンメルドルフ村で彼は生活できません。なのでウルリッヒには城の近くの小屋に住まわせて、わたくしが時折食料や物資を運んでいたのでございます」

「本当なら、皆に理解してもらって村に住まわせてあげるのが一番良かったのですが……村に根付いた迷信はそう簡単には振り払えず、わたくしの力不足でございました」

「そうだったのね……」

「そんな、いいんです……ヤスミンさんは何も悪くないです……ヤスミンさんが気にかけてくれただけで、僕は救われましたから……！」

「……このように、心根が優しい子なのです。これが、この子がこの城を離れない理由です」

私は思わず言葉を失う。

ウルリッヒがシュヴァルツェンベルク一族の末裔で、この城に眠る先祖の魂に対して、そんな思い入れを持っていたなんて全く知らなかった。

そんなことも知らず、つい最近まで不気味な城だのなんだのと言っていた自分が恥ずかしくなる。

「ごめんなさい、ウルリッヒ。都会に移った方がいいだなんて、何も知らずに無神経なことを言ってしまって」

「い、いいえ、ヘルミーナ様は悪くありません……全部、僕が悪かったんです」

「そんなことは無いわ。……ねえ、一つ提案があるのだけれど、聞いてくれるかしら」

「え……？」

「この城の管理権は、今私の兄が伯爵位を継いだアインホルン家が所有しているわ。私たち一族はこの城に対して責任がある。だからもし無事にこの城の外へ出られたら、シュヴァルツェンベルク子爵のお墓を外のちゃんとした墓地に移してあげましょう」

「へ、ヘルミーナ様……」

「それから教会に依頼して、子爵たち犠牲者の魂を正式な手続きできちんと弔ってもらうわ。教会には難色を示されるかもしれないし、村からは文句を言われるかもしれないけど、全部私たちが何とかするわ。だって、時代はもう変わっているのよ。前時代的な因習や迷信に囚われて、救われない人の魂を放置するなんてこと、あっていい訳がないわ」

「……！」

それが、私が彼にできる償いになっているのかは分からないけど。

それでも彼の心をほんの少しでも救えるのなら、力になってあげたかった。

「──ウルリッヒ、狼面を取ってみてはどう？」

「……え、で、でも……」

「大丈夫、ヘルミーナ様は理解のあるお方です。面を取って、ちゃんとお礼を言いなさいな」

「は、はい……！」

ヤスミンはウルリッヒにそう提案し、その言葉を受けたウルリッヒは狼面に手をかける。

そして少しの躊躇いを見せた後、思い切ったように狼面を脱いだ。

肩まで伸びた白髪。血を思わせる赤い瞳。白磁のように白い肌。醜さなんて欠片もない端整な顔の青年が、所在なさげに目線を落とす。

「……ありがとうございます、ヘルミーナ様……それと、ごめんなさい。こんな嫌な容姿をお見せして……」

「そんなことは全く無いわ。一体どこが醜いというの？」

「で、でも、この白髪赤目は……」

「髪の色も瞳の色も、人ごとに特徴が違うなんて当たり前のことじゃない。その白髪と赤色の眼はあなたの立派な個性だし、都会に行けばむしろ珍しくて人気が出るかもね？　少なくともあなたは邪神の生まれ変わりなんかでは決してないわ」

「へ、ヘルミーナ様……っ」

ウルリッヒが声を詰まらせたと同時に、ヤスミンがウルリッヒの肩に手を置く。

私の言葉を聞いたウルリッヒは、子供のように顔を歪めて涙を流し始めていた。

そんな彼をヤスミンは優しげに宥める。その姿は、本物の親子のようだった。

……やがてウルリッヒは墓穴を掘るのに使っていた道具を置きに、一旦小屋へと戻っていった。

「私たちもそろそろ室内に戻りましょうか」

「そうでございますね」

帰り道、私はふと思ったことを彼女に尋ねてみる。

「ヤスミンは、世の中の理不尽を憎いと思ったことがある？」

「それはどういう意味ですか？」

「あなたの家系は、シュヴァルツェンベルク一族をずっと保護してきたのでしょう。ウルリッヒは白髪に赤目で、百年前の怪事件の当事者一族の末裔……でも、彼は何の罪も犯していないわ。それなのに、先祖の業や迷信のせいで、彼は隠者として生きるしかなかった」

「………」

「彼を支えてきたあなたにも、相当な苦悩があったと思うの。だから、こんな世界を憎いと思う瞬間はなかったのかしらって。……それこそ、憎い人間を一斉に殺せるような力を手にして復讐したいとか……そんな願いを抱いたことはない？」

　この問いの狙いはただ一つ、ヤスミンが黒幕であるかを確認するための揺さぶりだ。

　ウルリッヒに近しい彼女なら、ウルリッヒの不幸を自分事として捉えてしまってもおかしくない。彼が悪意のない人間な分、ヤスミンが代理で義憤を燃やしているということも考えられる。

　彼女が〝呪いの力〟を目的にゲームを始めた黒幕なら、必ず何らかの反応がある。

　しかし、ヤスミンは直後きっぱりと言い切った。

「いいえ、そういった考えを抱いたことはございません」

「……何故そう言い切れるのかしら？」

「確かに、こんな風習がなければどれだけ良かっただろうと思ったことはあります。だからといって、誰かを憎んだところで他人は変わりません。何よりわたくしの家系では、人を憎んではいけないという教えが先祖から伝わっております。シュヴァルツェンベルク一族の末裔を預かる身として、憎悪に囚われてはいけないと」

「……それは、どういう意味？」

「先祖が働いていた頃の子爵は、聡明(そうめい)でお優しく、城は穏やかな雰囲気に満ちていたそうです。……しかし百年前の事件が起きる直前、ご令嬢を預けに来た子爵はすっかりやつれ、目は憎しみに燃えていたと伝わっています。ご子息のクルト様が亡くなられてから、一年ほど経過した頃のことだったそうです」

「……子爵は、息子を殺された憎しみに囚われていたと？」

「はい。……その直後、城はあの惨劇に見舞われました。先祖はそのことを教訓にして、遺(のこ)されたご令嬢を育てる我々は、憎悪に走ってはいけないと言い聞かせるようになったのです」

「憎悪に囚われた人の末路を、見てしまったから？」

「それもありますが……預けられたご令嬢は、子爵に残された良心であり希望だったのでしょう。その気持ちを無下にしない為にも、ご令嬢と一族の末裔のお世話に当たる私たちは、決して憎悪に囚われてはならないと教えられたのでございます」

「……なるほど、優しい考え方ね」

私は笑顔を浮かべる。作り笑いでは決してない、自然とこぼれ出た笑みだった。

ウルリッヒとヤスミン。後者のヤスミンの背景についてまで知れたことは想定外の幸運だったが、とはいえこのループで目標としていたウルリッヒの調査は達成できた。

このループで出来る仕事量としては、上出来だろう。

——恐らくウルリッヒとヤスミンは、黒幕ではないと考えてほぼ間違いない。

「ありがとうヤスミン、色々聞かせてもらえて嬉しかったわ。それでは、また明日——」

「お待ちくださいまし、ヘルミーナ様」

立ち去ろうとする私に向かって、ヤスミンは口を開いた。

「わたくしからも一つお尋ねさせてくださいまし。……わたくしは、あなた様を信じてよろしいのでございましょうか」

「それは……私が本物の予言者なのかという意味かしら？」

ヤスミンは、黙ってゆっくりと頷く。

ウルリッヒと私、どちらかは偽物の予言者であり、彼女にとって私を信じるということはウルリッヒの嘘を認めるということになる。

ヤスミンの顔が、一気に何年分も老けたように映った。

「わたくしは、ウルリッヒを信じたい。しかし一方で、『ヘルミーナ様が嘘をついているようにも見えないのです。……あなた様は本物の予言者なのでございますか？」

「……どうかしらね。でも、きっと明日になればどちらが本物か分かるでしょうね」

「そうですか……では明日は、わたくしにとって辛い日になるのかもしれません」

「ええ、そうね」

私はそう呟き、ヤスミンに背を向けた。

それから私は自室に帰らず、食堂に戻る。

誰もいないことを確認して、壁にかかった猟銃を手に取る。

このループでやるべきことはやった。

もうこれ以上、〝この世界〟に留まり続ける意味はない。

一周目の世界で、私は処刑され吊るされて死んだ。

二周目の世界で、私は悪魔に殺された。

三周目の世界で、私は自ら喉を掻（か）っ切って死んだ。

そして直後、私は時間を遡って生き返った。

これらのことから仮説を立てるのなら、私は死ぬ度に時間を遡行している。

私の死が契機となって、時間遡行が発生している。

『死による輪廻（デスループ）』だ。

銃口を自分へと向ける。三周目、猟銃を暴発させて死んだヤスミンの姿が脳裏に浮かぶ。

うまく一発で死ねたらいいけど……中途半端に死ねないのが一番悲惨だ。

そうだ、確か昔読んだ探偵小説で、猟銃を口に咥（くわ）えて喉を撃ち抜いて即死する人のシーンがあった。

確か、こんな感じで……ダメだわ、手が引き金に届かない。猟銃の砲身って長いのよね。

あの小説だと右手で砲身を固定して、左手でサーベルを握って、サーベルの先端を使って引き金を引いていたっけ。

でもここにはサーベルなんてないし……あっ、火かき棒がある。これで代用できそうね。長さも……うん、問題ない。これで引き金を引けそうだわ。

「ふぅ……はぁっ……」

怖い。今の私は錯乱していない。極めて冷静だ。

死ぬのは怖い。自ら命を絶つのは恐ろしい。

だけどこの世界に留まっていても仕方がない。

既に一人、クライン氏が死んでしまった。私は彼を助けられなかった。

だからこれは、自分自身に対する罰。けじめのようなもの。

「……よしっ！」

あえて明るくそう言うと、私は左手の火かき棒で猟銃の引き金を引く。

破裂音。喉から後頭部にかけて凄まじい衝撃と熱を感じる。

幸いなことに、痛みが襲ってくる前に、私の意識は閉ざされていった――。

第五章　五周目〜八周目

【五周目】

『【前回の役職】
・悪魔　…　クライン、ウルリッヒ
・崇拝者　…　シャルロッテ
・聖騎士　…　ヤスミン
・予言者　…　ヘルミーナ
・医者　…　クリストフ
・人　…　レオンハルト、ハイディ
【今回のヘルミーナの役職】
・人』

「ふぅん……やっぱり前回はクライン氏とウルリッヒが悪魔だったのね」

無事にゲーム開始初日の朝に戻ってきた。

朝一で羊皮紙を見て、前回と今回の役職を確認する。

今回も引き続き、徹底して情報収集に取り掛かることにした。

五周目、私は久しぶりに役職なしのただの人になった。

これまでの経験上、投票フェーズでは悪魔だと疑われないように立ち回る。

第一回目の話し合い。今回も投票しないということで議論が纏(まと)まった。

前回同様、ハイディが吊(つ)られかけたけど私が庇(かば)う形になった。

おかげで信頼関係が構築された。

話し合いの後、ハイディを部屋に呼ぶと彼女は喜んでやって来た。

「えへへっ、ヘルミーナ様にお呼ばれするなんて、ハイディちゃん超カンゲキですぅ〜！」

「そんなに喜んでもらえると光栄だわ。……ところでハイディ、一つ聞きたいことがあるのだけど」

「なんですか？　なんでも聞いちゃってください〜！」

「……あなたは人を殺したいと思うほど、誰かを憎んだことはあるかしら？」

「えぇっ⁉　な、なんですか、その質問？」

突然の告白にハイディは目を見開く。私は構わず続けた。

「私は、あるわ。だけど今は、一時とはいえそんな感情を抱いてしまったことを後悔しているの。……私は人を殺さない。絶対に」

「……ヘルミーナ様……」

「あなたのことも信じたい。だから、正直な気持ちを教えてほしいの」

真(ま)っ直(す)ぐ見つめてそう言うと、ハイディは神妙な顔をして口を開いた。

「……ムカついた時とか、瞬間的に死ねばいいのにと思ったことはありますけど……おいしい物を食べるか、一晩眠れば忘れちゃいますね」

「そうなのね。……ハイディは確かハンメルドルフ村の出身だったわよね？」

「はい」

「何か村の風習みたいなものも含めて、これは嫌だなと思ったことはないの？」

「う〜ん、特には……確かにちょっと怖い風習とかもあるけど、別にそれ以外は普通の村ですから。あ、強いて言うなら田舎臭いのが嫌かも。もっとオシャレな服屋さんとかレストランが増えてくれたらいいのにって思いますね〜」

それは都会に憧れる田舎の人の願いに過ぎず、恨みや憎しみとは程遠い感情だ。

その後もハイディとは色々話してみたけれど、良くも悪くも人を恨むことがない単純な子であると分かった。

邪神そのものを怖がっている節もあったし、少なくとも呪いの力に魅入られて儀式を始めるような動機は彼女には感じない。

「ありがとう、参考になったわ」

「こんな感じでいいんですか〜？　ハイディちゃん、ヘルミーナ様に信用してもらえましたか〜？」

「ええ、もう十分よ。ありがとう」

後は今のハイディの言葉がどの程度信憑性があるのか、確かめる必要がある。

もし今回、ハイディが悪魔ならさっきの言葉は信用ならない。適当なことを言っている
だけかもしれない。

けれど人間の時のハイディは私に好意的で素直な女の子だ。さっきの発言は信用に値する。

私はベッドで横になる。出来れば早く次の世界に行きたいけど、もし明日も生き残っていたら他の人の話を聞いてみよう。

目を閉じる。……眠気はすぐにやって来た。

目を開ける。……誰かが私にのしかかっていた。

蜂蜜色の髪の若い男。レオンだ。彼の背後にはヤスミンがいる。

「すまない、悪く思うなよヘルミーナ」

レオンは感情のない声で呟いた。

そんな彼に、私は微笑んで見せた。

レオンが一瞬たじろぐ。それでも彼は躊躇いを捨てて、私の喉を切り裂いた。

熱い。痛い。苦しい。

でも安心して、レオン、私があなたを恨むことなんてないわ……。

だって、これで私は他の人の死を見ずに、次の世界に行けるんだもの……。


【六周目】

六周目のループに入り、今度はクライン氏にターゲットを絞って話を聞く。

一回目の話し合いが終わった後。

夕食後、私は祈禱中のクライン氏の部屋に食事とワインを持っていく。

クライン氏も疲れていたのだろう。ワインを勧めると遠慮なく飲み始めた。

「……儂は祓魔師となって、この世界に主の尊さ、素晴らしさを広く伝道するのが若い頃からの夢じゃった！　その為に十六で修道院に入って厳しい修行を重ね、数々の邪悪なる者と戦って参りましたのじゃ」

「そうですのね。ちなみに、クライン様は邪悪な異教徒と戦う渦中で、彼らを消し去りたいと思ったことはありませんの？　それこそ禁断とされる力を借りてでも、教会の教えに背く者を殺してしまいたいですとか……」

「あるわけがなかろう。すべての人を平等に愛するのが、神の使いである聖職者の役割でもありますからな！　たとえ異教徒であろうと、改宗させて正しき道へ導いてやるのが儂の務めですじゃ。そう、忘れもしない。儂は二十歳の時に出会った異教徒を根気強く説得して——」

その後、ワインで饒舌になったクライン氏は気前よく自らの過去を話してくれた。

途中脱線もしたけれど、彼の主張で一貫していたのは、対立者が現れても相手を憎むのではなく正しい方向へと導くのが信念だということ。

それは異教徒である邪神教の信者でも例外ではない。あくまで彼が祓魔師として祓うのは邪悪な人ならざる者であって、その力に見入られた人間は犠牲者であり、救済対象だと見なしているらしい。

ワインで酔ったクライン氏が、そこまで上手に嘘をつけるとも思えない。

私は彼が黒幕である可能性を一回切って、次のループへ行くことにした。

食堂へ行く。コツはもう分かっている。

四周目と同じように、猟銃で自分の喉を撃ち抜いた。


【七周目】


「レオン、ちょっといいかしら」

「な、何だ突然⁉ 何をしに来たんだ⁉」

七周目。私が訪ねたのはレオンの部屋だった。

レオンは何かに怯えるようにしながらも、私を部屋の中に受け入れてくれた。

「このワイン、この地方の特産らしいの。私は飲めないけど、折角だからレオンに一杯飲んでもらいたいと思って」

厨房で入手したワインを見せると、レオンは怪訝な顔をする。

「しかし、これまでの君は一度も私と飲もうなんて……」

「別にいいじゃない。そもそも今回の旅行は、私たちが婚約者として少しでも仲良くなれるようにって、お兄様の計らいでもあるのだから」

「まあ確かに、そんなことを言われたような気もするが……」

「そもそも私たちって婚約者なのに、本音で話したことがなかったでしょう。こんな遠出の時くらい、お互いをちゃんと知り合っておいてもいいと思うの。そうじゃない？」

「……そう、だな……」

私はレオンに案内されて室内のソファに腰を下ろす。レオンはテーブルを挟んだ向かいの椅子に座った。

持ってきたグラスにワインを注ぐと、レオンはそれを恐る恐る飲み始める。

クリストフが私用にお茶を運んでこようとしたけど、断った。そして二人だけで話したいからと、クリストフには退出してもらった。

「それで、君は一体何を話しに来たんだ？」

「そんな固くならなくてもいいじゃない。婚約者が部屋に来たくらいで」

レオンは少しお酒で頬を紅潮させながらも、私が一体何の話を切り出してくるか相当気にしているようだった。

……正直に言えば、私は黒幕がレオンであるという可能性を覚悟している。なんならその可能性が一番高いまである。

彼には敵対者が多すぎる。スラムの復興や孤児の救済。クリストフから聞き出したレオンの夢はそう簡単に叶うものではない。

だけど敵対者を自由に殺せる力を手にできれば、彼の夢はぐっと実現に近づけられる……かもしれない。

たとえそれが歪んだ正義心の暴走だったとしても、彼には彼なりの事情がある。

だから彼の口からどんな言葉が出てきても、私はそれを聞き入れようと思った。

「……でもそうね。強いて言えば、折角だしあなたの夢について聞いてみたいわ。実は先日、お兄様からあなたの話を聞いたのよ。あなたは自領のスラムを改革したいと考えているんですってね」

本当は過去のループでクリストフから聞いたことだけど、そこは適当に誤魔化しておく。

「あなたがそんな立派な志を持って活動をしているなんて、今まで知らなかったわ。ごめんなさい」

「別に君が謝るようなことではないが。それにしても、君が謝るなんて初めて見たな」

「……正直に言うと、あなたの夢の話を聞いて、こう思ってしまったのよ。私なんかと婚約しない方が、あなたは自身の夢に向かって真っ直ぐ取り組めたんじゃないかって」

「それは……」

「本音でいいわ。あなたの本音が聞きたいの」

レオンはまた一口ワインを飲むと、暫く間をあけて呟いた。

「……君には悪いが、確かにそう思うことはある。しかしアインホルン家との繋がりも、我が公爵家の領民がより平穏な生活を送れるようになる為には重要だ」

「ええ、立派な志だわ」

「……逆に聞かせてほしいのだが。君はその話を聞いて、私を妻として支えようと思ったのか？」

「あなたが本音を教えてくれたから、私も本音で話すわね。私は正直、あなたとの婚約は不本意だった。宮廷学院に合格したのに上手く馴染めなくて、そんな折にお父様が危篤になって……」

「……ああ」

「あなたとの縁談は、そんな時に出てきた話だったわ。色んな諦めの果てに、受動的にあなたとの縁談話を受けたの。……つまりあなたを一人の人格として尊重していなかった。そんな私にあなたの夢を支えられたかと言われると……難しいでしょうね」

「……そうか。まあ、そうだろうな」

「だからこそ、ちゃんと話し合っておく必要があると思ったの。あなたの夢は間違いなく立派なものよ。あなたの公爵家の先代当主が誰もなし得ていないことだもの」

「父祖が誰も向き合ってこなかった問題だ。だからこそ、次期公爵となる私が自分の代で解決しなければならない」

——そうか、レオンは過去から続く因縁を断ち切ろうとしているのか。

スラムの惨状は、レオンの父も祖父も、その先祖の歴代当主も気付いていたのだろう。けれど、見て見ぬふりをし続けた。

レオンもその家系の価値観に縛られて生きるだけなら、先代同様スラムの問題なんか放置すれば良かった。

だけどレオンは自らの意思で、自らの家が先送りにしてきた問題を解決しようと立ち向かうことを選んだ。

望まずして父祖から背負わされたものを、自分の代で清算するために。

彼はずっと前から、自分の運命に立ち向かっている人だったのだ。

「あなたは本当に立派よ。心から応援したいと思う。だからこそ……その夢の為には、あなたの気持ちを真に理解して支えてくれる人が必要だと思う。……本当に申し訳ないけど、私はその役には適任じゃないと思う」

「……そう、だな。私も心のどこかで、君が私のよき理解者となってくれることを望んでいた。だが君がまったく歩み寄る素振りを見せないので、私も内心で君に苛立っていた。なんと理解のない女性だろう――となと」

「ええ」

「私は君に、アインホルン家との良好な繋がりを築いてくれるような妻になってくれないかと思っていた。だがそれは私の一方的な押し付けだったな……私自身も君を見ていなかった。自分の夢を実現する為に必要なパーツの一つだと、心のどこかで考えていた」

レオンはそう言って項垂れた。

彼は自分の理想を私に押し付けて、私は私で彼の本心を見ようとせず、ただ反発し続けていた。そんな私たちが上手くいく筈がない。

「だけど、あなたが欲しいのはアインホルン家との深い繋がりでしょう？　あなたは私の兄ローベルトと仲が良いじゃない。無理に私と婚約しなくとも、それで十分だったのではなくって？」

「……一理あるな。より強い繋がりが欲しいと思って君と婚約したが、それで仲違いしてローベルトからの信頼すら失ってしまっては本末転倒だ。……もし無事にこの城から脱出できたら、改めて君たちと今後のことについて話し合ってもいいのかもしれないな」

「ええ。もし仮に、それで私たちの婚約関係が無くなったとしても、兄にあなたの夢を支援し続けるようお願いするわ」

「ありがとう、ヘルミーナ。……こんなゲームが始まってから、初めて君と腹を割って話したことを、正直とても後悔している。……もしも前回城に来た時に君も同行していれば、もっと早く話ができていたかもしれないな」

「？　待って、レオンはこの城に来るのは今回が初めてではないの？」

「え、ああ。私がこの城に来るのはこれが二度目だ。そういえば言ってなかったか」

不意にレオンの口から出てきたのは、それまで全く知らなかった新情報だった。

「確か……半年ほど前になるか。ローベルトが奇妙な城を相続し視察に向かうと聞いたので、私も同行したいと願い出たのだ。その時この城に来たのは私とクリストフ、あとローベルトと、彼の荷物持ちで君の侍女のシャルロッテも来ていたな。その他にもローベルトの護衛も付き添いで来ていた」

「……そうだったのね。知らなかったわ」

半年前というと、父が亡くなって兄がアインホルン家を継ぎ、私は王都へ宮廷学院の退学手続きをしに行っている頃だ。

あの時の私は、これから自由が制限されるだろうからと、二週間ほど王都に滞在していた。その間に兄はシュヴァルツェンベルク城を見に行ったと聞いていたから、話の辻褄は合う。

兄は当時既に伯爵位を継いでいた。令嬢の小旅行感覚の今回とは異なり、護衛や使用人が大勢ついていったのも知っている。

でもまさか、その時にレオンやクリストフ、それにシャルも一緒だったとは知らなかった。

「ちなみに、その時レオンはこの城で何をしていたの？」

「ローベルト含めてこの城に来た全員で城の中の見回りだ。仮にも百年前に怪事件が起こった城だというし、死体でも残っていたらたまらないだろう。結果そんなものは見つからなかったが、念には念を入れて後日祓い会をしようとその場で決めたのだ」

「そうだったのね。……ちなみにその時、この城の図書室には行ったのかしら？」

「な、何故そんなことを聞くのだ？」

「……特に意味はないけれど。もしかしたら、百年以上前の本が並ぶ中で惹かれた図書でもあったのではないかと思って。あなたは博識だし、難しい本も好むように思えるわ。もしそうなら、一冊か二冊、気になった本を持ち帰ったとしても不思議はないかなって」

「た、確かに、私は博識であるが！　人の城の本を勝手に持ち去るようなことはしていないぞ！　まあ見回りの過程で、皆で図書室に入った時に、面白そうな本を何冊かその場で見る程度のことはしたが……ずっとローベルトと一緒だったから、何かを持ち去るような暇はなかったぞ。嘘だと思うならシャルロッテに聞いてみるといい。あの時は彼女も一緒にいたからな！」

「……そう。そうだったのね、ごめんなさい」

私は今回の事件に関して、一つの推理を組み立てていた。

そして、それは恐らく真実に近いのだろう。私はそう確信を持ちつつあった。

……残念だけど、〝あなた〟が黒幕だったのね。

でも、その真実を本人に突きつけるのは、今この世界である必要はない。

今日の昼、既に投票を一回飛ばしてしまっている。

そのせいで「初日の昼に全員で白票を投じる」という儀式の強制中断条件は満たせなくなっている。

今夜〝悪魔〟が暗躍するだろうし、〝悪魔〟が動き出してしまった後で何をしても遅い。

それなら一回仕切り直して、新しい世界に入ってから、改めて本人に問い質そう。

それで観念して黒杯の場所を教えてもらえれば、一日目のゲーム中断に間に合う。

それに、改めてここまで出揃った情報を、自分の中で整理する時間も欲しかった。

「……じゃあレオン、私はそろそろ行くわ。お話に付き合ってくれてありがとう」

「何だ、もう行ってしまうのかね。話すには折角のよい機会なのに」

「ゲームのルールに、夜の就寝時は部屋に一人でいなければならないとあったでしょう。誤ってこのまま寝てしまって、ルール違反で死ぬなんて嫌だもの」

「それもそうだな。まあこのゲーム自体が誰かの悪戯である可能性も十分にあるが。慎重を期すというのなら、それがいいだろう」

レオンの言葉に頷き、私はそっとソファを立ち上がる。

部屋の扉の前までレオンに見送ってもらい、扉の前で別れを告げる。

その前に、最後に一つ質問をしてみることにした。

「レオン。最後に一つだけ質問をいいかしら」

「ん、何だ」

「あなたは、自分の夢を妨害するような人間を、排除したいと思ったことはある？　それも話し合いのような平和的な手段ではなく、殺めるようなやり方で」

変に遠回しな言い方をせず、私は直球的な言い方でレオンに問い質す。

レオンはふむ、と腕を組んで口を開く。

「無いといえば嘘になる。矛盾しているかもしれないが、スラムの弱い存在を守る為に、スラムを利用し貶める連中を殺したいと思ったこともある」

「……そう」

「しかし、暴力的な解決方法に訴えてはスラムの本質は変わるまい。私はあくまで平和的な方法で進めていくべきだと考えているよ。クリストフには理想論だと笑われるがね、あれはあれで私を理解してくれているのだよ」

「そうね。……分かったわ、ありがとう」

彼の言葉に首肯しながら、私はレオンハルトの部屋を出た。

今回のループは早く終わらせて、次のループへ行かないと。

あなたが黒幕だったのね、という言葉を、しっかりと〝あなた〟に突きつけるために……。


【八周目】


――始まりの朝に戻ってきた私は、いつものように目を覚ます。

窓から注ぐ明るい陽射し。木々の葉が静かに揺れ、外では小鳥が鳴いている。

ここだけ切り取れば、爽やかで平和な一日の始まりだ。

だけど私は、今から陰惨なゲームが始まると知っている。

……これまで色々な人から話を聞けて良かった。

おかげで今まで見えなかった真実の形が見えてきた。

「おはようございます、ヘルミーナ様」

「おはよう、シャル」

シャルが部屋に入ってくる。いつもと変わらない朝のやり取りだ。

「ねえ、シャル。ちょっとお願いがあるのだけど、いいかしら」

「ええ、もちろんですよ。私に出来ることであれば何でも仰ってください」

「ありがとう。実はね、私は今日に至るまで色々な事があって、その情報を今頭の中で纏めているの。誰かに話すことで綺麗に整理できる気がするわ。意味が分からないかもしれないけど、私の話に付き合ってくれない？」

「はい、なんでも聞きますよ。そうだ、お茶でも淹れてきましょうか？」

「ええ、お願いするわ」

そしてシャルがモーニングティーを淹れに行く。戻ってくるまでの間、私は考えを纏めておいた。

戻ってきたシャルは、いつもと変わらないミントティーを淹れてきてくれた。私はありがとうと言って受け取った。これを飲むと頭はスッキリと冴え渡る。

「……じゃあ、話すわね。まず、この城では今日の朝から、殺し合いのゲームが発生するわ。そのゲームを終わらせるには、最初は単純に自分が勝利者になればいいと思っていた。でも、違った」

そう。あの時は混乱していたから分からなかったけど、三周目の世界で悪魔陣営である私とクリストフは勝利した。それなのにループが発生した。

ループの解除条件がゲームの勝利なら、私が自殺しようと三周目で終わった筈。

だけど実際は、私はループしてゲームは終わらなかった。

「あの、ヘルミーナ様？　一体何を仰って……」

「とりあえず聞いて。それで私は、このゲームでは勝とうが負けようが、ループから抜け出すことに繋がらないと理解したの。だからやり方を変えた。悪魔探しは二の次で、このゲームそのものについて調べてみた。するとゲームの参加者の中に、悪魔とは関係なくゲームを始めた黒幕——邪神を呼び出した召喚者がいると分かったわ。私はその黒幕を探すことにした」

「は、はあ……」

「何度もループを繰り返した上で、誰が黒幕なのか推理を続けた。そして、恐らくこの人だろうと目星をつけたわ」

「そう、なんですね」

「でも問題はここから。ゲームを中断させる為には『黒杯』というアイテムを壊さないといけない。……シャル、あなたなら黒幕に何と言葉をかけるべきだと思う？」

「え？　えっと……黒杯がどこにあるのか教えてください、ですか……？」

「それは何故？」

「だ、だってそうしなければ、ヘルミーナ様の仰るゲームの中断ができないから——隠されている黒杯を見つけ出して、それを壊す必要があるんですよね？　だから、です」

「そうよね。じゃあ最後に質問していいかしら」

「は、はい」

私は、シャルの目をまっすぐ見つめて、ゆっくりと口を開いた。

「あなたはどうして黒杯が隠されていて、黒幕が隠し場所を知っていると思ったの？」

「……え……」

「黒杯が隠されている、なんて私はまだ一言も発していないわ。それなのに、なぜ黒幕にかける最初の言葉が『黒杯がどこにあるのか教えてください』になるの？」

「そ、それは、話の流れで――」

「適当に合わせただけ、というのは苦しいわ。だって本当に何も知らないなら、こう言うのが自然ですもの。――『待ってくださいヘルミーナ様、黒杯とは何ですか？　黒幕とどのような関係があるのですか？』……ってね」

「……っ!!」

「――シャル。私が何度もループを繰り返して摑んだ答えを、結論から言うわね」

私は自らの言葉を一言一句しっかり嚙み締めるように、シャルに向かってゆっくりと呟いた。

「黒幕は、邪神の儀式を始めた召喚者はあなただったのね。シャル」

「…………」

シャルは、気まずそうに唇を噛み締めて俯いた。

私は、彼女のことを昔からよく知っている。

シャルがこういう反応をする時は、彼女にとって都合の悪い真実を突きつけられた時だ。まだ子供だった時、彼女が誤って食器を割ってしまった時、あるいは些細な嘘がバレた時によく同じ表情をしていた。

「……あなたが黒幕だと思った時から、もう一つあなたに聞きたいことがあったの」

「………」

「……あなた、今回のループは、一体何周目？」

私はシャルにそう問いただした。

大きな瞳が私を凝視する。

シャルは黙ったまま返答をせず、その瞳には様々な感情が揺れていた。

仕方なく私はさらに言葉を継いだ。

「ゲーム内で死ぬと、何故か時が戻って二日目の朝に戻ってくる死による輪廻。これが私だけではなく、実はあなたにも発生していたと考えると色々辻褄が合うのよ。……違う？」

「…………何故、そう思われたのですか」

「一番おかしいと思ったのは、四周目のループね。あなたと二人で図書室を捜索していた時、あなたは『この図書室に来るのは初めて』と言っていた。でもその後でレオンに話を聞いて分かったけど、あなたはこの城に来るのは初めてじゃない。半年前にレオンやローベルトお兄様と一緒に来て、その時に図書室も来ているわ。違う？」

「……確かに半年前もローベルト様にご一緒しましたけど、その時に図書室に入っているとは限らない……ですよね？」

「レオンは、兄と一緒に図書室に入ったそうよ。その時あなたも一緒にいたと、前回のループで確かに聞いたわ」

「………………」

「なぜあんな嘘を吐いたのか。それは自分もループしているという事実を隠すため。というより……過剰防衛みたいなものかしら。自分はループなんて経験していないというアピールのつもりで、かえって不自然な嘘を吐いてしまった。自分もループしていることが私にバレたら、黒幕と疑われるかもしれない。だから何も知らないという言動を取り続けた」

シャルは何も言わない。言い訳を考えているのだろうか。でも、ここで手を緩めるほど私も甘くない。構わずに続けた。

「そう考えると、あなたの行動にはほかにもおかしな点がいくつかあったと気付いたわ。例えばゲームが始まる日の前夜。普段は不眠傾向のある私が、あの夜はコーヒーを飲んだ直後だったのにぐっすり眠れた。あの夜は他の人も眠りが深かったと言っていたわ。……となると、怪しいのはコーヒーよね。あの晩に配られたコーヒーに睡眠薬が混ぜられていた可能性が高いと思ったわ。そしてあの夜、コーヒーを全員に配っていたのはあなただった」

あの時点ではまだ儀式が始まっていない。二日目の夜以降は邪神の力で強制的に眠らされたにせよ、一日目の夜には何らかの人為的な力が介入した筈だ。

シャルには私の睡眠薬を管理してもらっている。思い返してみれば二日目の朝、起き抜けにやけに頭が重かったのは、睡眠薬を服用しすぎた翌朝の感覚に似ていた。

「二つ目。あなたの過去のループにおけるゲームの動きは、上手すぎた。特に三周目。あなたは崇拝者だったけど、医者の偽物を騙り出て、ほぼ完璧に偽物を演じた。あれは今から考えるとかなり不自然よ」

はっきり言って、崇拝者の役をこなすのはかなり難しい。このゲームの初心者には難易度が高すぎる。

「本物の医者以上に医者の能力をうまく説明していたのも、シャルがそれまでのループで医者を経験していたのだと考えれば辻褄が合うわ」

「…………」

「そして最後の疑問。あなたがもし黒幕ではないのにループに巻き込まれた人間なのであれば、何故私にそのことを言わなかったの？　いつものあなたなら、私にすぐ打ち明けてくれたでしょうね。実際相談するチャンスも何度もあったのに、何故それをしなかったの？　……答えは一つ。あなたがこの儀式を始めた黒幕だから。それを私に悟られたくなかったから」

窓の外が明るくなる。日が昇り、本格的な朝がやって来る。もうじきに飼育小屋の前で使用人たちが騒ぎ始めるだろう。

だが今回もあえてそちらは無視して、シャルとの会話に時間を使う。

「あなたと私は十年来の付き合いだから話を聞かなかったわ。でも——何かがあるのね。私の知らない何かが。邪神の力を借りてでも恨みを晴らしたい相手が、いるのね？」

「…………」

「やっぱり……シャル、あなたは何が目的で、こんなことを始めたの？」

彼女は何も言わない。俯いて貝のように口を噤んでいる。

「私はあなたを責めたいんじゃない。あなたのことを教えてほしいの」

「……っ」

「今回このゲームを通じて、私は今まで他人の内面にちゃんと目を向けていなかったと気がついた。人の話に耳を傾けてこなかった。シャルに対しても、勝手に私が親しさを感じていただけで、ちゃんとあなたの話を聞いてあげようとしたことがなかった。勝手に分かった気になっていただけだったのよ」

「……ヘルミーナ様……」

「だから教えてほしいの。あなたのことを……お願い、教えて。シャルロッテ」

これまで積み重ねてきた思いを込めて、真正面からシャルを見つめる。

彼女はしばし躊躇っていたようだったけど、やがて観念したように口を開く。

「……今回この儀式を始めたのは、復讐のためです」

「復讐？」

「私は……私の一族の復讐を果たしたかった。アインホルン家への復讐を」

「え——？」

まさかシャルの口から出たまさかの言葉に私は固まる。

まさかシャルはアインホルン家を、——私や兄を、恨んでいたの？

「私は今でこそフォルトナー姓を名乗っていますが……祖父の代までは、フォルスマンという姓でした」

「フォルスマン？　それって……」

「かつてアインホルン領に隣接する形で存在していた家です。祖父はそのフォルスマン家の土地の領主であり、伯爵でした」

「でも、フォルスマン家は……」

「はい。数十年前、爵位を奪われ没落しました。当時政界は二つの派閥——古来より続く信仰や宗教規範を是とする教会派と、教会からの干渉を極力排し王家への集権を訴える王国派と、その二派閥による派閥争いが行われていました。そのことはご存じですか？」

「……ええ、もちろん。その派閥争いの結果、王国派が勝利した。それが王国内で古めかしい信仰や思想が一掃される契機にもなって、教会派についていた貴族たちは急速に力を失った」

「その通りです。そして私の祖父のフォルスマン伯爵も、敗北した教会派閥についていた貴族でした。……しかし当時、敗北はしたものの爵位までは奪われずに済んだ教会派閥の貴族がほとんどでした。そんな中、フォルスマン家だけが爵位も土地も奪われたのです。その理由も、ヘルミーナ様であればご存じですよね？」

「………ええ」

私は黙って俯く。

当時フォルスマン家だけが爵位も土地も奪われ没落した理由。

それは、私の先祖でもある当時のアインホルン伯が手を回したからだ。

隣接するフォルスマン家を没落に追い込んで自領に組み込めれば、アインホルン家はさらに力を増やせる。そう考えてアインホルン家はフォルスマン家が滅びるよう裏で動いたのだ。

「その結果、フォルスマン家は貴族としての資格を剥奪され、平民となりました。土地も屋敷も、フォルスマンの姓さえ奪われ、祖父はフォルトナーと名乗るようになったのです……」

シャルの言葉に、私は驚きを隠すことができずにいた。歴史の一部として、フォルスマン家がアインホルン家に嵌められる形で没落したという事実は知っていた。

けれどシャルがそのフォルスマン家の末裔だったなんて、想像すらしたことがなかった。

だとするなら、こんなのは恨まれて当然だ。

私の一族は、彼女の一族を破滅に追いやったのだから……。

「……それじゃあ、シャル。あなたがアインホルン家に仕えていたのは、最初からアインホルン家に復讐をしたいと考えていたからなの？」

「……そうです。正確には、私ではなく私の祖父の代からです。私が物心ついた頃、祖父は貧しい生活のせいで寝たきりとなっていました。口を開けば、あの一族を根絶やしにするのだとアインホルン家への怨嗟(えんさ)ばかり。そして父はその祖父の憎悪を引き継ぎました……私は、その父に育てられたのです」

それはつまり、シャルは幼少期から父と祖父により、私たちアインホルン家への憎しみを植え付けられて育ってきたということだ。

確かに私が幼少期の時に、シャルの父親は召し使いとしてアインホルン家で働いていた。その時からアインホルン家への復讐心は、気付かないだけで淡々と受け継がれてきたのか。

「父は、家では嫌な現実を忘れる為にお酒に溺れて……そんな生活が祟(たた)り、体を悪くして死にました。母も後を追うようにこの世を去りました。私の家族は全員アインホルン家への恨みを口にして、私に復讐を託して逝ったんです……！」

「……だからシャルも、その復讐を継いでアインホルン家に仕え続けていたの？ 私の近くにいつもいてくれたのも、本音では私も殺したいと思っていたからなの……？」

震える瞳でシャルを見つめる。すると、シャルは再び、ふぅっと息を吐いた。

「私は……幼い頃からずっと、復讐を目標に生きてきました。だって、家族の悲願なんです。でも、どうすればいいのか分からなくて……一人か二人ならともかく、一族全体への復讐となると、私のような小娘の手ではどうしようもありません。そんな折です。ローベルト様から『シュヴァルツェンベルク城の下見についてこい』というお話を頂いたのは」

「シャル……」

「いっそローベルト様に取り入って、アインホルン夫人となって内側から復讐を果たしていくという方法が頭を過ぎりました。そして半年前、私はローベルト様と一緒にこの城に来た夜、薄着でローベルト様の部屋を訪ねようと決心しました」

私はシャルの目を真っ直ぐ見つめる。そんな手を使う程シャルの復讐心は本物だったんだということに衝撃を受けていた。

……でも確かに、それは復讐を行う上で最も効率がいいやり方かもしれない。

シャルは可愛い。シャルのような美少女に迫られれば、きっと簡単に籠絡できるだろう。兄だって男だもの。兄を骨抜きにして操り、一族を不幸にすればシャルの復讐は完遂する。

「……それで、シャルは、お兄様と夜を過ごしたの……？」

「……いえ、無理でした。夜中、ローベルト様の部屋の扉の前に立った時に、臆してしまったのです……」

その時、今まで無表情だったシャルの顔に苦渋の色が浮かぶ。

「それに、そんなやり方では子孫に怨嗟を継承してしまいます……。父から、祖父から受け継いだ憎悪は、私の世代で終わらせたい。これ以上継承してはいけない。そう思ったから、何としてでも復讐は私の代で果たさなければいけないと思ったんです……！」

シャルの大きな瞳に涙が浮かんでいた。

復讐の連鎖を託されるのは、シャルにとっても辛かったのだろう。

私はそんなシャルを見ていると、胸の奥が締め付けられるような気分になった。

本音を隠していた。笑顔の裏で復讐心を滾らせていた。兄を誘惑しようとした。

……でも、だからといってこれまで彼女がかけてくれた言葉や、私に寄り添ってくれた事実が消えてなくなるわけじゃない。

私は本来、シャルを糾弾しなければいけないのかもしれない。けれど、彼女を責める気にはなれなかった。

むしろ私という人間を支えてきてくれた彼女に、やはり感謝の気持ちしかなかった。

「……ありがとう」

「え……？」

「だから、ありがとう。シャル。あなたの素直な気持ちを私に話してくれて。私もあなたの気持ちをちゃんと知ることができて、嬉しかったわ」

「な、何を言っているんですか……？　私は、ヘルミーナ様も含めて、アインホルン家の人間を滅ぼすために侍女として今まで仕えてきたって言っているんですよ……⁉」

「そうね」

「じゃあ何で私を責めないんですか⁉　私はずっと前からヘルミーナ様のことを、心の底では裏切っていたんですよ⁉　そんな私に、どうして……！」

「だとしても、今まで私に優しくしてくれたシャルがいなくなる訳じゃないでしょう？」

「それは……っ」

「謝らなければいけないのはこっちよ。私はあなたのことがずっと好きだったけど、それは一方的な理想像を押し付けていただけで、あなたの気持ちを理解していなかった。もっと早くあなたの気持ちに寄り添って、もっと早くにあなたの本音に気付いていたなら……そうすれば、シャルがここまで追い詰められることもなかった」

「ヘルミーナ様……」

「だから、ごめんなさい。そして、本当にありがとう。こんな私をずっと近くで支えてくれて。シャルの本音を聞いても、私はあなたを非難したり責めたりしないわ。あなたはずっと、私の大切な存在だもの」

「…………ふ、うっ……、うぅぅ、うあぁぁぁぁぁ……っ！」

シャルの肩に手を添えると、彼女の感情が決壊した。シャルは私に抱き着いて、子供のように泣きじゃくる。

「私、わたしっ、ヘルミーナ様がシュヴァルツェンベルク城へ向かうと聞いて、どうしたらいいのか分からなくなって……！　それでも悩んだ末に、復讐を優先して、ゲームを始めることを選んだんです……っ！　だって家族の悲願だから！　私は一族の悲願を成し遂げる責務があるから、でもっ」

「でも？」

「私はフォルスマン家の末裔ですが、シャルロッテ＝フォルトナーという一人の人間でもあるんです……っ！　ヘルミーナ様はこんな私を信頼してくれて、本当の姉妹のように接してくれて、家族を失った私にとってどれほど心の支えになったか……！　あなたのことが好きな私も、確かに私なんです……！　私個人にはアインホルン家の人々を呪う理由なんてなかったはずなのに、私は、どうして……っ!!」

シャルの仮面は剝がれ、彼女は私の胸に顔を埋めるようにしながら号泣し始めた。

親の世代から代々受け継がれてきた復讐という思いと、その思いとは相反するシャルロッテ＝フォルトナーという一人の少女の想い。家と個人の狭間で苦しみ続けてきた彼女の心の叫びが、その慟哭が、私の心にも響き渡る。

――人と人とは本来、愛情や信頼で結ばれるべきものだ。

だけどフォルトナー家の場合、憎悪と復讐心が家族の絆だった。そうやって呪いを植え付けるように、彼女の祖父は自らの復讐を果たす為に子孫を憎悪で縛った。

それゆえに、シャルは復讐を成し遂げることこそが、亡き家族への愛情を示す唯一の方法だと思い込まされてしまったのだ。

でもそれは違う。そんなものは愛情なんかではなく、ただの呪いだ。

シャルに限らず、この城にいる人間が、全員がそうだ。皆、何かしらの呪いに囚われている。本来自分個人とは関係のない筈の、古来からの風習、家柄、血筋の考え方に縛られて、そういった【役割】から抜け出すために葛藤しながら、必死に戦いながら生きている。

だからそういう呪いを解くために――皆がこの城から生きて脱出して、これからの未来をちゃんと生きるために、やっぱり私はこのゲームを全員生存で終わらせなければいけない。

すべての呪いから、皆を解放するために。

「……この城から生きて出られたら、今後どうするかは二人で一緒に考えましょうか」

「え、どういうことですか……？」

「私も私で、この城で罪を犯したわ。悪魔に選ばれた時に、この手で人を殺してしまった……。お互いに、今後どうやって償っていくか一緒に考えましょう」

「ヘルミーナ様……っ」

私はシャルの頭を撫でながら、彼女に笑顔を向ける。

「だからもう、このゲームを終わらせましょう。……このゲームを強制中断させる為に、黒杯がどこにあるのかを教えてちょうだい。黒杯はここにあると皆に見せられれば、ゲームを中断する為の白紙投票に持っていける可能性がぐっと高まるわ」

「──分かり、ました。ご案内します……」

涙を拭いたシャルは、躊躇いを見せた後、私をある場所に誘った。

＊

シャルが案内したのは、食堂だった。食堂の暖炉の前で、シャルは火かき棒を手に取る。

「私がこれを発見したのは偶然でした。半年前は寒かったから、暖炉を使っていたんです。明け方、私は食堂を暖めておこうと思って、暖炉の手入れを始めたんです。そうしたら、暖炉の四隅の灰が不自然に落ちくぼんでいて……なんだろうと思って調べたんです。そうしたら――」

煉瓦(れんが)造りの暖炉の床、その四隅をシャルが火かき棒でなぞる。すると、ある地点でカチッという音がした。火かき棒を固定して引っ張ると、跳ね上げ扉のように暖炉の床全体が持ち上がる。

そして、地下へと繋がる階段が姿を現した。

「隠し通路……！　そうか、この城は元々要塞だったんですものね」

「はい。いざという時の隠し通路だったのだと思います」

「でもまさか、こんなところに秘密の通路があったなんて……完全に盲点だったわ」

私たちはずっとこの食堂で話し合いを続けてきたのに気付かなかった。

「私も発見した時は驚きました。誰かに報告しようとも思ったのですが、朝の四時前だったので断念しました」

私たちは階段を降りて地下に向かう。その途中でシャルに話を聞く。

「それに階段を見ていると、妙に心が掻(か)き立(た)てられて……あの時の私は、復讐に行き詰まって自暴自棄な心境になっていました。だから、もうどうにでもなれという気持ちで階段を降りました……」

地下へと続く階段には、百年もの間に堆積した黴と埃、腐臭が漂っている。シャルが掲げたランタンの光が心許なく揺れる。それでもシャルは勝手知ったる様子で進んでいく。

「ヘルミーナ様、ここは段差が急になっているので気を付けてください」

「え、ええ……」

先に進むにつれて、重苦しい気配が濃密になる。ただ呼吸をしているだけでも息苦しい。やがて私たちの前に、黒い扉が現れた。重苦しい空気はこの奥から発生しているようだった。

扉に手をかける。鍵はかかっていない。ゆっくりと内側に扉が開かれる。

「──ひっ！」

室内を見て、私は思わず悲鳴をあげてしまった。

中央に鎮座する小さな棺桶。床に刻まれた邪神の紋章──魔法陣。棺の向こう、奥の壁際には邪教の祭壇がある。まるで邪神を崇拝する為に作った専用の部屋のようだ。

生臭い鉄錆の臭いが鼻をつく。これは……血の臭い……？

「ヘルミーナ様。……あれが、黒杯です……」

シャルがランタンを翳す。棺の向こうにある祭壇が照らし出される。……そして、私は見た。

祭壇の中央に鎮座された物体。真っ黒な杯の中には、禍々しい赤い血が波打っている。

それは三階の図書室にあった資料の挿絵と同じ形をしていた。

「あれが……黒杯……」

……この腐ったような臭いは、あそこから漂っているらしい。

私たちは祭壇に歩み寄ろうとする。だがその途中、私の足が小さな棺にぶつかった。ゴトン、と音がして棺の蓋が開く。私たちは反射的にそちらに目をやった。

——小さな棺の中には、小さな少年が納められていた。

「……えっ⁉」

その少年には、手足がなかった。

人形のように端整で、真っ白い顔。髪は雪のように白い。

年齢は五歳前後だろうか。手足がないせいで、小さな箱にすっぽり納まっている。

「……こ、これは、死蠟？　どうしてこんなところに……？」

「ヘルミーナ様、今はそれよりも、黒杯を……」

「あ……そ、そうね」

以前もこの地下室に来たことがあるシャルは、四肢のない死蠟の少年を見ても驚くことはなかった。

私が少年の死蠟に気を取られている間、シャルは祭壇の前に歩み寄ると黒杯を手に取ろうとする。

「……この地下室に初めて足を踏み入れた時、棺の上には黒革の手帳がありました」

「手帳？」

「はい、日記でした。日付も書いてあって……百年前にシュヴァルツェンベルク子爵が、『邪神召喚の儀式』を始めるに至った経緯が記されていました。そして儀式の始め方や恩恵について――ヘルミーナ様が三階の図書室で読んだ本と、ほぼ同じ内容が書いてありました」

「そう、それでシャルは儀式の始め方について知ったのね」

百年前に使われていた文字なら、現代人のシャルも読める。

「『邪神召喚の儀式を行うには、邪神の魔法陣を描き、黒杯に生き物の血を注ぐ。さすれば邪神が現れ、儀式が始まる。黒杯とは、邪神崇拝者によって造られた邪神を召喚する為の聖遺物である。私は持てる財力、人脈、あらゆる力を使って黒杯を手に入れた。後は生き血を注ぐだけだ。クルトを殺めた村人共に、クルトの死を正当化した教会の聖職者たち、聖職者たちに賛同した教会派の貴族の全てに復讐を果たす。でなければ、あの子が報われない』――手帳の最後は、こう締めくくられていました」

「……やっぱり、百年前に子爵は儀式を行っていたのね。幼くして殺された息子の為に……ということは、この死蠟はもしかして……」

改めて死蠟の少年を見下ろす。白い髪に端整な顔立ち。よく見れば、どことなくウルリッヒにも似ている。

ひょっとしてこの子は、子爵の息子のクルト……？

「……手帳の内容は、俄には信じられませんでした。でも真実なら私の一族の復讐が叶えられるかもしれない……そう思った私は、とりあえず手帳だけ密かに持ち帰りました。それから半年間情報を集め、この手帳に書かれた内容に信憑性があると確認しました。だから今回の城への旅行では、儀式を行えるように準備していたんです。……でも、直前になってヘルミーナ様が同行なされることになって……」

「シャル……」

「……今なら間違いだったと、はっきり分かります。私の罪は消せませんが、それでもループが発生したおかげで今の世界では誰も死んでいません。どうしてこんな現象が起きているのかは分かりませんが、今の段階で黒杯を破壊できれば、きっと――」

「え？　ちょ、ちょっと待って。子爵の手記には、ループの記述もあったの？」

「はい……ですが三階の図書室の資料には、ループに関する記述はなかったのではないですか？　私は古代文字が読めないので、あの資料の内容はちゃんと分からなかったのですが……」

「ないわ。そんなこと、一言も書かれていなかった」

……じゃあ、この現象はなぜ起きているの？

不意に背筋が寒くなる。地下室の温度が一気に下がった気がした。

「もしかして、この黒杯に何か秘密が隠されているのでしょうか……？」

シャルが黒杯に手を伸ばす。もう少しで触れそうになった時、彼女の動きがピタリと止まり、苦しそうに喘ぎ始めた。

「シャル⁉」

シャルが持っていたランタンが床に転がる。彼女の足元から、彼女自身の影と重なるように、もう一つの影が伸びていた。それはどんどん大きくなり、シャルの身長をゆうに超える。

獣頭人身の、狼男のような影──その人間に似たシルエットの黒い塊が、片手でシャルの首を持ち上げるように絞めていた。

『黒杯に触れるな』

私の頭の中に、直接響く声。私はこの声を知っている。三周目、悪魔に選ばれた時に聞いた邪神の声だ……！

「あ……あなたが邪神⁉　やめなさい、シャルを放しなさい‼」

『貴様は供物を捧げ、復讐を願い、儀式を始めた。このような下らぬ形で中断するなど認めぬ』

「ぐ……うぅぅ……っ！」

私がシャルに駆け寄ろうとすると、誰かに腕を引かれるような感覚があった。思わず立ち止まると、少年の死蠟が薄らぼんやりと光を発している。この光が、私を呼び止めた
……？

『……だがしかし、まともな復讐心すら消え失せたこの小娘が、今更面白い殺戮の遊戯を

見せられるとも思えん。興醒めだ』

「待って、シャルをどうするつもり⁉」

『殺す。邪神に背いた罪として、この世から存在すら抹消しよう』

「ひっ……う、ぐぅっ……！」

「やめて、お願い！　シャルを殺さないで！　やっと本当のシャルが見えたのに、私から奪わないで！」

しかし、私の懇願も虚しく黒い影に呑み込まれるように、シャルの存在が消えていく。

手を伸ばしたけど届かなかった。シャルの体に触れたと思った手は、何も掴めず空を切る。まるで最初からシャルロッテなんて人は存在しなかったかのように、彼女の体が物理的にこの場から消失してしまった。

『……これでもはや、貴様があの娘にまみえることはないだろう』

「そんな……嘘よ、いや……っ！」

せっかく本音が聞けたのに、私たちの本当の関係はこれから始まると思っていたのに、こんなことって……。

『貴様の絶望が手に取るように分かる……やはり人の嘆きは我を愉しませる……』

「うぅ……シャル、シャル……っ！」

『それほどまでに悲しいか？　ならば貴様も殺してくれよう。もはや用済みとなったこの部屋ごと、貴様の存在も吹き飛ばしてくれる』

邪神の影が手を翳す。次の瞬間、私の全身に凄まじい衝撃が襲い掛かった。

黒い炎が炸裂し、私は壁に叩きつけられる。そして辺り一面が黒い炎に包まれて、燃え盛り始める。

少年の死蠟が納められていた棺もバラバラに砕け散る。衝撃と痛みで身動きが取れなくなった私の服の裾に黒い炎が着火して、あっという間に全身を包んだ。


——視界が歪む。世界が反転する。

——黒が白に、白が黒に、闇が光に、光が闇に。

——明滅しては点滅する。壊滅しては消滅する。

——世界が螺旋の闇に呑み込まれていく。


ああ、呑まれていく。

世界が拡散して、収束していく。

方向感覚のない世界。薄闇の世界に私は呑み込まれていった。

*

ほの暗い闇の中で、私は方向感覚もないまま、水に浮かぶかのように漂っている。

「ここは……」

「巻き戻りの最中、夢の中とでも言うべきかな」

「っ、誰⁉」

目の前にぼんやりと光が集まる。

光は人の形を作る。小さな子供のような光が輪郭を描く。

眩さに目が慣れると、顔が見えた。目鼻立ちのはっきりした少年。白髪で赤い瞳。

刹那、私は理解する。そうか、この少年は――。

「ボクはクルト。クルト＝フォン＝シュヴァルツェンベルク」

「あなたは……あの祭壇の部屋にあった死蠟の少年ね。ヤスミンやウルリッヒが言っていた、百年前に殺されてしまったこの城の主シュヴァルツェンベルク子爵の息子の……」

私がそういうとクルトは悲しげに微笑んだ。

「時間がないから、少し手短に話すね。ボクは百年前、ハンメルドルフ村で死んだ。白髪で赤目の人間は邪神の生まれ変わりだという迷信に取りつかれた村人たちに殺された。手足をもがれたボクの亡骸を発見したのは、父のシュヴァルツェンベルク子爵だった。父は怒り、嘆き悲しんだ。……父は、ボクの体を残したかったみたいだ。ボクの亡骸は死蠟にされて保存され、地上の墓にはもがれた手足が埋葬された」

「……ひどい、話だわ」

幼くして殺されたというのは聞いていたけど、そんな惨たらしい殺され方をしていたなんて……それでは子爵が憎悪に取り憑かれるのも納得だ。

「父はボクを殺した相手を罪に問うべく告発もしたけれど、当時の教会法は邪神狩りの一環として村人の行いを見逃した。教会派の貴族たちも、教会の出した答えを支持した。……父は絶望し、復讐を成し遂げる為に、一神教の教えを捨てて邪神の力に手を出した。でも、それは間違いだったんだ」

クルトは辛そうに、絞り出すように言葉を継ぐ。

「確かに教会はボクや父を救うことはなかったけど、邪神も最初からボクたちを救う気なんてなかった。結局父は……失敗した。父も母も使用人の皆も、姿こそ見えないけど城を彷徨う亡霊になって、ずっとこの場所に囚われている」

「……あなたは生前、偏見から暴行を受けて殺されたと聞くわ。あの死蠟には手足がなかった……あれが暴行を受けた跡なら、相当ひどいことをされたのでしょう……あなたも復讐を望んでいたの？」

「もしそうなら、こんなことはしていないよ」

「え？」

「時間遡行を起こしているのはボクだ。そして始まりの朝のたびに、君のもとへ届く羊皮紙。あれもボクが送り込んだものだ」

「え――!?」

そういえば、あの羊皮紙にはこの呪いを終わらせてほしいと書いてあった。

あれは明確なSOSだ。邪神が送り込んでいたら、あんな文面になる筈がない。

「両親や使用人の魂は、この城に閉じ込められて終わりのない苦しみを味わわされている。ボクは百年前の儀式に参加していなかった。だから一人だけ正気を保ったまま、百年間彷徨い続ける家族の魂を見てきた。……そして今、またあの惨劇が起きようとしている。あんなことを繰り返したらダメだ……邪神の誘いに乗ったらダメだ……そう強く願い続けたら時間遡行が発生したんだ」

「どうしてそんなことが……⁉」

「ボクの遺体は棺に入れられ、百年前にこの祭壇に祀られた。……この祭壇は邪神の力の根源だ。そこで百年間安置されたことにより、ボクにも邪神の力が一部使えるようになってしまったみたいなんだ」

そうか、クルトの力は邪神由来の力なのか。だから邪神が作り出した領域でも通用するのか。

「邪神はまだボクの力に気付いていない。気付かれたら儀式の邪魔をするボクを棺ごと破壊するのは目に見えていた。だから気付かれないように、回りくどいやり方を選ばざるを得なかった。……密かにループの記憶を与えたり、役職が書かれた羊皮紙を送り込んだりね」

そうだったのか。

「最初は召喚者であるシャルロッテに力を与えた。彼女は一周目の結末を見て、すぐに自分の選択を後悔して改心したからね。……最初の世界でキミが処刑された直後、シャルロッテは自ら命を絶ったんだ」

「……えっ⁉」

「他のループでも同じだ。シャルロッテはキミが死ぬと、その直後に必ず命を絶っていた」

「な――⁉」

「彼女を改心させたのはキミへの想いだ。一度は道を踏み外しかけたけど、キミの死を目の当たりにした直後から彼女の目的は変わった。儀式の成就など眼中になくなり、キミを生存させることが目的になった」

「そんな……」

まさかシャルが、そんなことをしていただなんて……。

「二周目のループから、シャルロッテは儀式を中断させようとみんなに訴えたり、黒杯を壊そうとしたりした。だけど、すべて失敗に終わった。……やがてシャルロッテは全てを諦めた。彼女も自分の死がループの条件だと気付いたようだからね。儀式が終わる前に自殺してループを発生させ、閉じた円環の中でキミを生かし続けようと考えるようになったんだ」

「シャルが、そんなことを……」

なんてバカなことを……でも私はシャルを責められない。

目的の為に死を選ぶという行為は、私だって散々やってきたことだから。

「ループの発生条件は、ループ能力者の死だ。だけどシャルロッテは状況を打開しようとする意思を失っている。……だからボクはシャルロッテに見切りをつけて、キミに働きかけようとループ能力の主体を移した」

「……どうして、私に？」

「キミは覚えてないだろうけど、キミは一度人間陣営として限りなく完全に近い勝利へと導いたことがあったんだ。その時の行動を見て、キミにループ能力を与えれば、この行き詰まった状況を打開してくれるかもしれないと思った」

「人間陣営が勝利すると、どうなるの？」

「儀式が終わるだけさ。誰も邪神の恩恵は受けられない」

「……私が覚えている最初の記憶って、本当は何周目なの？」

「十一周目だよ。ボクは時間を巻き戻すことは出来ても、日付を指定することは出来ない。……ボクの力も邪神の力の一部だからね。黒杯に血が満たされる前までは遡れないんだ」

「あなたはループ能力者の死が時間遡行の発生条件だと言っていたわね。一周目から十周目まではシャル。十一周目からは私。でもシャルは十一周目以降もループの記憶を保持しているようだわ。これはどうして？」

「能力者だった後遺症のようなものだよ。ループの記憶だけは引き継げている。だけど彼女はもうループの主体じゃないから、シャルロッテが死んだところでループは発生しない。役職を書いた羊皮紙だって送り込んでいない。彼女も十一周目以降の違和感に気付いていたと思うよ。気付いたからといって、その疑問を追究する意思すら失っていたようだけど……」

「……そういうことだったのね」

「一周目でもキミは十一周目とほぼ同じ最期を遂げた。一周目から十周目に至るまではシャルロッテが状況を変えるべく行動していたけど、十周目の最後で心が折れて何もしなくなった。だから一周目と限りなく近い状況が再現されたんだ」

……とんでもない事実に頭がクラクラする。でも受け入れなければいけない。

「邪神の祭壇に祀られたせいで、ボクの遺体は一種の呪物のような存在になって、この不可思議な力を発動させられた。……だけど棺ごと遺体が破壊されてしまった今、ボクの存在が消えかかっている。恐らく、ボクがキミに与えられる時間遡行の機会は次が最後だ。次に失敗したら、どんな結果に終わろうとも運命が確定してしまう」

「えっ⁉」

「そして、キミにとって過酷な話だけど……邪神に取り込まれた以上、次のループではシャルロッテの存在が世界から消えているかもしれない」

「そんな……」

シャルがいない世界なのに、その世界が正しい運命として確定してしまうなんて……！

絶望する私にクルトが続ける。

「ヘルミーナ、よく聞いてくれ。次の世界のゲームで、絶対に初日の投票を全員白票で揃えて、その上で黒杯を破壊するんだ。そうすればゲームも中断できるし、黒杯が壊れれば邪神の力が消えてシャルロッテを取り返せる——かもしれない」

「……本当に⁉」

「ただし、くどいようだけど君に与えられるチャンスは次が最後だ。次の世界で君が死んだ場合、シャルロッテは戻ってこないし君も蘇ることはない。今までの経験を生かして、絶対に次でゲームの中断を成功させるんだ」

——かもしれないということは、可能性だ。確実ではない。

だけど他に選択肢はないのなら、可能性に賭けるしかない。

泣いても喚いても、次がラストチャンス。たった一度の機会で、私は全てを解決して、シャルを取り戻さなければならない。

……私に、出来るだろうか？　愚問だ。クルトは私を信じてくれたから、私に時間遡行の記憶を与えた。そして私を信じてくれたのはクルトだけじゃない。

シャルロッテ、レオンハルト、クリストフ、ハイディ、ウルリッヒ、ヤスミン、クライン氏——これまでの世界で彼らは私を信じてくれたから、秘密を打ち明けてくれた。

だったら、やるしかない。前へ進むしかない。そして皆で、悪夢の檻から抜け出すんだ。私はぐっと拳を握る。

「……私は何をすれば、どうすればいいの？」

「今までのキミが目標としていたことを実行するだけだ。初日の投票フェーズを白紙投票で揃え、その上で『黒杯』を破壊する。これが始まってしまった儀式を中断し、更にシャルロッテを救えるかもしれない唯一の手段だと思う」

「でも、シャルは黒杯に触れる前に邪神に囚われたわ。何も対策しなければ、私もそうなるんじゃないかしら？」

「あれはシャルロッテが黒杯に触れる直前のタイミングで、地上で処刑対象を決める議論が開始したせいだ。そのせいで六人分の悪意が邪神に流れ込み、邪神により強力な力を与えてしまった。だから次の世界で議論の開始を阻止できれば、邪神があういう形で介入してくることはない筈だ」

……そういうことだったのか。私たちの姿が見えなくても、地上ではレオンたちが処刑投票を決める議論を始めてしまっていたのか。

「ヘルミーナ、強い意志を持ったキミに頼みたい。どうかこの儀式を終わらせてくれ」

「分かったわ。やれるだけやってみる。いいえ、必ずやってみせる。皆を救ってみせるわ。城にいる皆も、あなたも、もちろんシャルも救ってみせる！」

「ありがとう」

クルトが微笑みを浮かべる。笑った顔は、ウルリッヒにそっくりだった。

「時間だ、ヘルミーナ。キミは元の世界に戻って、皆を救ってほしい。頼んだよ――」

クルトの姿が霞む。声が遠くなる。

私の意識は闇に閉ざされ、今度こそ始まりの日へと遡っていった。

第六章　九周目

見慣れた天井。柔らかいベッド。

窓から差し込む薄明り。私はゆっくりと体を起こす。

「シャル？」

時計は午前五時を指している。

いつもはシャルが起こしに来る時間だが、今日は彼女の姿がない。

隣の部屋を覗く。……誰もいない。誰かがいた形跡もない。

前回のループで、シャルは邪神に囚われた。

そしてクルトも邪神に封じ込められた以上、この世界で失敗しても、もうループは発生しない。やり直しが利かない、最後のチャンスだ。

「……待っていて、シャル。絶対にあなたを取り戻してみせるわ」

やり直しが利かない世界。たった一度限りの生を、精一杯生きなければならない世界。

考えてみれば当たり前の話だ。人は一度限りの人生しか生きられない。だから精一杯頑張って生きる。命を大切にしようと思える。

部屋に戻った私は、ベッドの中を探る。羊皮紙はもう届けられていない。

それが何を意味するのかを理解して、覚悟を決める。

誰の手助けも借りずに身支度を整えると、大きく深呼吸をしてから、部屋の外へと出た。

今回も早朝には、鶏小屋での異変が発見された。

時間が遡るのは、シャルが鶏の血を黒杯に注ぎ、儀式の開始を宣言し終えた翌朝だ。

儀式が開始してしまう事実は確定している。

たとえ彼女の存在が消失した後でも、事実は覆らない。

一同は今後の方針について話し合うべく、食堂に集まった。

シャルロッテを除いた七人が集まる。

流れはいつもと変わらない。邪神のルールブックに目を通して、ゲームの進め方や中断方法を把握する。

中断方法を知ると一瞬、場の空気が和らぐ。だけどクリストフの冷たい声が、現実を突きつけた。

「……儀式の中断など不可能です。この中には邪神召喚の儀式を始めた奴が交ざってるんでしょう？　そいつが白紙投票にするわけがない」

「いいえ、可能よ」

私は力強く言い切った。食堂にいる全員の視線が私に集まる。

「どうしてそんなことが言い切れるんですか？」

「ここにいる人たちの中に、邪神を信仰している人なんていないから。この儀式を始めた人は、私達七人の中にはいない」

「待て、ヘルミーナ。それでは誰がこのゲームを始めたというのかね？」

「シャルロッテよ」

「シャルロッテ？　誰だ、それは？」

やっぱり思った通りだ。

この世界におけるシャルは、時間遡行の開始点である今日の早朝を境に存在が消えてしまっている。そして私以外の人の記憶からもシャルの記憶が消えてしまっている。

シャルを取り戻せなければ、きっと彼女の存在は永遠に戻ってこない。

この世に存在していたという痕跡すら、なくなってしまうだろう。

だけど絶対に助ける。シャルだけじゃない、この場にいる全員を。

「私の大切な人で、侍女のシャルロッテよ。あなたたちは覚えていないようだけど、私はずっと彼女と一緒にいたの」

「どうしたのだ、ヘルミーナ。寝ぼけているのか？　それともショックで混乱しているのか？」

レオンが心配するように覗き込む。

以前の私なら、こんな彼の言動を悪い方向に捉えただろう。

でも今は違う。レオンは、根は悪い人間じゃない。

私は柔らかく微笑み、彼を安心させるように首を振った。

「心配してくれてありがとう。気にかけてくれて嬉しいわ」

「なっ……！　ヘルミーナが素直に礼を言っただと⁉　これは本格的に疲労が出ているの

ではないか？　クリストフ、薬湯を用意するんだ‼」

「はっ。レオンハルト様」

「大袈裟に捉えないで。私は平気よ。何も問題ないわ」

「しかし……！」

「あなたたちの記憶から今は消えているけど、シャルは確かに存在したの。私はたまたまシャルが『邪神召喚の儀式』を始めた召喚者であること、彼女自身がそのことを後悔していることを知ったわ。そしてシャルは後悔して、儀式を止めようとした。でも、それが邪神の怒りを買って、彼女は邪神に存在を消されてしまった……」

「君は……何を言っているんだ？」

「信じられない？　でも考えてみて。私がたった一人でこの城に来ると思う？　使用人や同行者がいないのは不自然だと思わない？」

「それは、まあ……確かにそうではあるが」

「それに昨夜、コーヒーを淹れてくれたのは誰だった？　ハイディやヤスミンは初めて飲むと言っていたわよね。じゃあ、誰が用意してくれたの？　誰か思い出せる？」

「ああ、当たり前だとも。あの時は確か――確か、若い侍女の少女が……」

「でもハイディじゃない。もちろんヤスミンでもない。じゃあ、あれは誰なの？」

「あれは――あれは、誰なのだ……？」

レオンハルトは頭を抱える。

彼だけではなく、皆が首を捻ったり腕を組んで悩んだりしている。

記憶のミッシングリンク。

皮肉なことに、それこそがこの場から消失したシャルの存在証明となっていた。

「この場に邪神の召喚者はいないわ。だから私たちがこのゲームに参加する必要はないの。白紙投票で揃えて中断することが可能なのよ」

そう言って私はクリストフを見やる。

恐らく、この中で一番反対してくるとしたらクリストフだ。

案の定彼は不審そうな目つきで私を見ていた。

「クリストフ。あなただって本音ではこんな儀式に参加したくないのでしょう。巻き込まれてしまったから、主人や自分の身を守る為に過敏に警戒しているだけなのよね」

「……そうですね。俺は何としてもレオンハルト様や自分の身を守らないといけない。俺たちの記憶には、確かに不自然な点があるようです。ですがそれだけを理由に、あなたの言葉に従って白票揃えを狙うのはリスクが高い。賛成できません」

「そうね、レオンハルトは大切な身だわ。次期公爵として、自領のスラムを改革するという意識を持つ人だものね」

「！　それを誰から――ああ、さてはローベルトだな？　まったく、彼は口が軽い！」

レオンが口を挟む。実際は違うけど、この際だから合わせておこう。

「レオンハルトの夢は、とても立派な夢だと思うわ。その夢を知る前と後では、彼に対する見方が変わった。そして今までの自分の振る舞いを見つめ直して反省した。私はひどい婚約者だったわね。ごめんなさい」

殊勝に頭を下げる私を見て、レオンはいよいよ面食らったように言葉を失う。

「彼はとても高潔で立派な夢を持つ人よ。レオンハルトを支えるのは、彼の夢を真に理解してくれる人が相応しい……残念だけど、それは私ではないわ」

「ヘルミーナ……」

「レオンハルト。あなたの夢を応援したいからこそ、私はあなたから離れるべきだと思う。私には私の望みがあって、それがあなたとは相容れない。世間体とか、家同士が決めたことだからと従うのではなく、この城から出たら婚約を解消しましょう。そしてそれぞれの道を歩んでいきましょう」

「……私を理解しようと努めてくれた上での選択なら、私は君の意思を尊重しよう。私の方こそ、君を無理に従わせようとする態度があったことは否めないしな」

「ありがとう」

突如始まった婚約解消劇。

それがあっさりと穏便に片付いたことで、他の五人は唖然としていた。

「クリストフ」

「あ、はい。なんですか、ヘルミーナ様？」

「あなたは正にレオンハルトの夢に共感して支えている人だと思うわ。だからこそ絶対にレオンを守ろうとしている」

「……だったら何だというんですか？」

「考えてみてほしいの。この儀式に参加してしまったらレオンハルトはどうなるか。あなたが彼を守り抜いて生き残ったとしても、そこにいるのは誰かを殺してしまったレオンハルトよ。悪魔として人を殺してしまった場合でも、人として他人を処刑する選択をしたとしても。そこに残るのは、『自分の利益の為に人を殺した』という事実」

その言葉にハッとしたのは、クリストフとレオンだけじゃなかった。

ハイディ、ヤスミン、クライン氏、ウルリッヒ。

こうして私がハッキリと言葉にしたことで、改めてその事実の重さを突き付けられたようだった。

「その事実は、レオンハルトの高潔な夢の汚点になるでしょう。美しい希望は永遠に失われる」

「………………」

「希望がなければ人は人として生きられない。ただの獣として生きるしかない」

「っ⁉」

それは三周目、レオンハルトを殺した後のクリストフが言った言葉。

彼の本心であろう言葉。それだけにクリストフの心を揺さぶる。

「クリストフは愚かな人ではないわ。望ましい未来の為にどうするべきか、きっと理解できると思う」

「……あなたは大した人ですね、ヘルミーナ様。ただの世間知らずのお嬢様だと思っていましたが、参りました。降参です。確かにあなたの言う通りだ」

「クリストフ……」

「俺にとって何が真に大切なのか、見誤るところでした。……白票揃えに賛成します。レオンハルト様が殺されるところも、誰かを殺すところも見たくありませんからね」

クリストフが挙手をして白票揃えを宣言する。

私も手を挙げるとレオンハルトが続いた。

私はまだ困惑しているヤスミンとクライン氏に向き直る。

「私は調査を進めるうちに、この土地には白髪赤目の人間を集団で暴行しても良いとする風習があると知りました。その因習の大元となったのは、当時の教会による教えです。かつてこの城の城主だったシュヴァルツェンベルク子爵の息子クルトは、白髪赤目というだけでハンメルドルフ村の村人に捕まって虐殺されました。まだ五歳の少年だったのに」

ウルリッヒがぴくりと肩を揺らす。私は構わずに続けた。

「クライン様には、やって頂きたいことがあります。教会が過去に犯した過ちを認めること。教会の名の下で犠牲になった人々の名誉回復と、謝罪声明の発表。信仰を通して正しい知識を啓蒙(けいもう)すること。それは教会の権威者であるクライン様にしか行えないことですわ」

「うむ……そうですな。教会が前時代に邪教徒狩りや異端審問を行ったのは事実ですじゃ。この土地にも当時の被害者がいるのであれば、名誉回復を訴える必要があるでしょう。無事に外へ出られましたら、働きかけてみましょう」

「ありがとうございます」

「……白票揃えに賛成です」

クライン氏も挙手をする。彼は悪魔でない限り、協力的だ。

「ハイディ、あなたには可能性と希望があるわ。都会に出たいというのなら、私が協力する。菓子職人や料理人見習いを探しているお店は、都会には沢山あるもの。紹介状を書いてあげるわ」

「本当ですか⁉　やったぁ！」

「ただし、修行は真面目に行うように。仕事として行う以上、子供じみた考え方ではダメよ」

「分かってますよ～！　えへへ、都会に行けるならハイディちゃんは本気出して頑張りますよ～！　こんな儀式は断固反対で～す！」

ハイディが挙手をする。次にヤスミンへと向き直る。

「ヤスミン、あなたは立派な女性です。あなたの人生には数多くの困難が訪れたでしょう。けれどあなたは今日までじっと耐えて、ウルリッヒを見守ってきた。それは誰にでもできることではありません。あなたの人徳ですわ」

「……どうして、それを……」

「あなたの深い愛情は、私もよく知っています。そして彼の一族を支えた、あなたの一族の優しさも……」

「……っ！　理由は分かりませんが、あなたは事情をご存知なのですね」

「ええ。この城と彼の今後については、アインホルン家が責任を持って預かります」

「……ありがとうございます。これでわたくしも、安心できます」

ヤスミンの表情が和らぐ。これまでに見た彼女のどんな顔よりも、穏やかな表情だった。

彼女の挙手を見届けて、最後に私はウルリッヒに視線をやる。

ウルリッヒはビクッと肩を跳ねさせた。

「ウルリッヒ、今言った通りよ。あなたの事情も把握しているわ」

「あ、あ……ぼ、僕は……」

「あなたのことは私から兄に話し、便宜を図ると約束するわ。そしてこの城に眠るあなたの祖先も手厚く弔うと約束する。……今まで苦労をかけたわね、ごめんなさい。私たちはもっと早くに城を調査して、あなたと会うべきだった」

「……あ、ありがとう、ございます……」

ウルリッヒは涙声で挙手をする。皆の手前狼面を外すことはないけれど、泣いているのが伝わってきた。

皆は私の話を聞いてくれた。私の言葉に肯（うなず）いてくれた。

私を含む全員が白票揃え賛成の意を込めて、挙手をする。

一周目、同じようにクリストフが挙手を迫って誰も反応しなかった。

その時とは正反対の反応に、胸の奥が熱くなった。

私はこれまでのループで、彼らが持つ善性と悪性の両面を見てきた。

今の説得に使った言葉は、彼らの善性に訴えかけるもの。

彼ら自身の口から聞いた夢や想い。それ故に彼らの心を動かした。

今の彼らは自分を取り戻した。邪神の誘惑に囁かれても乗らず、自分のやるべきこと、やりたいこと、本当の願いを取り戻した。

──もう大丈夫だ。そう思った私は、その言葉を告げる。

「さあ、投票を行いましょう」

儀式中断の『投票』が始まる。開票は私が行う。

結果は──満場一致で白紙投票。

誰一人『邪神召喚の儀式』を行うことに賛同しなかった。

これでゲームを中断する為の条件が一つ、満たされた。

「……なんとか一つ目の目標を達成できたわね。みんなのおかげよ、ありがとう」

「何、構わないさ。それでヘルミーナ、これからどうするのだね？」

「皆は城を出る準備を進めておいて。私は──やらなければならないことがあるわ」

「やらなければならないこと？」

「ええ。シャルロッテを取り戻すのよ」

私は暖炉の跳ね上げ扉を作動させる。暖炉の床が跳ね上がり、地下へと繋がる階段が姿を現した。その場にいた全員が驚きの声をあげる。

「こんな仕掛けがあったなんて……」

「この先に邪神の祭壇と黒杯がある。私は黒杯を壊しに行くわ。そうすればシャルを取り戻せるかもしれないから」

クルトは言った、可能性はある――と。なら私は、その可能性を信じて突き進むだけだ。

「待ちたまえヘルミーナ。一人で行くのは危険だ、私たちも同行しよう」

「いいえ、結構よ。レオンハルトたちは城を出る準備を進めておいて」

「しかし……」

「この先の通路はそんなに広くないし、何かあった時に大勢いると脱出するのに効率が悪いわ。もし何かが起きたら大声で叫ぶから、その時に助けてちょうだい」

「……分かった。ではクリストフを待機させておこうか」

「かしこまりました、レオンハルト様」

私はレオンたちに見送られ、ランタンを手に取って地下へと続く階段を降り始める。地下へと進んでいくと、嫌な空気が濃くなる。

それでも前回に比べると、幾分か和らいでいるように感じた。

白紙投票で揃えたことが、効果を発揮しているのかもしれない。

ランタンを翳して先を急ぐ。やがて例の部屋が見えてきた。

扉を開いた先にある、小さな部屋。床に刻まれた邪神の魔法陣。邪神の祭壇に、鎮座する黒杯——何もかもが変わらないように見える。だけど致命的に違う点があった。

部屋の中央にクルトが入った棺がない。その代わり、棺のあった場所には薄茶色の髪をしたメイド姿の少女——シャルが倒れていた。

「シャルっ！！？」

邪神によって存在そのものが消されてしまった筈なのに、どうして……？

それでもシャルであることに変わりはない。

私は恐る恐る近付いて、シャルを助け起こす。

すると、シャルの瞼がゆっくりと開いた。

……だけどその瞳は、血のように赤く濁っていた。

『ヘルミーナ＝フォン＝アインホルン』

だが、シャルの口から発せられた声は彼女のものじゃなかった。

この声には聞き覚えがある……これは、邪神の声だ——。

「っ、邪神⁉　あなた、シャルに何を……っ⁉」

『この娘の記憶を見た。時間遡行の原因が百年前の小僧だったとはな……だが小僧の亡骸が失われた今、もはや時間遡行は叶うまい』

そう邪神は嘯きながら、私の首を絞め上げた。

私が止めに来ると分かっていたから、シャルを罠にしたのか。

まるで獣のように強い力……こんな腕力……シャルの力じゃない……！

『何故貴様らは儀式を止めようとする？　恩恵の力を望み、儀式を始めたのはこの娘だぞ。百年前もそうだ、あの子爵が望んだ故に儀式が開始された。何故一度起きた結果を認め、受け入れようとしない？』

「あなた、こそ、どうして、こんなっ……！」

『力を望んだ者がいたから与えた。その見返りに我は貴様らの醜態を味わう。だが今回は異物が混入した。極上の美酒に泥を混ぜられたようなものだ』

「じゃあ、そんな汚水、さっさと捨てて、どこかへ行ってしまえばいいじゃないっ……！」

『無論そうする心積もりだ。だが時間遡行で儀式を台無しとした代償に、この娘の体を操って貴様を殺し、次いで城にいる全員を殺す。さすれば美酒には程遠いが、我の渇きを多少は癒せるだろう』

邪神の言い分に頭がクラクラする。首を絞められ、脳に酸素が回りきっていないせいもあるかもしれない。

シャルの体を操って、皆を殺す？　それじゃあ、まるで――。

「あなたっ……まさか、百年前にも、同じことを……⁉」

『あの時も儀式は途中まで順調だった。だが我が召喚者、シュヴァルツェンベルク子爵とやらの妻が途中で迷いを抱いた。あの女は既に儀式が始まっているにもかかわらず、黒杯を破壊しようと一人でこの地下へ降りてきた。貴様たちと同様に、我が美酒を汚そうとした。故に我が乗っ取った』

「……っ‼」

そういうこと……だったのか……。

百年前、この城で起きた事件の真相。息子の復讐に取り憑かれた父と、止めようとした母。しかし母は邪神に操られ、夫である子爵を含め城にいた全員を殺害し、最後は自身も命を絶った。

霊魂となったクルトは、ずっとそれを見ていたんだ。見ていても止めることが出来なかった。そして百年の間、地上に囚われ苦しみ続ける家族の魂をずっと見続けてきた……。

「……なにが、美酒よ……！　何が邪神よ……あんたは、百年前、あなたは自らの手で、儀式を台無しにしていたんじゃないの……っ！　力だけはあるから偉ぶっている……ただのロクデナシじゃない‼」

その癖、力だけはあるから偉ぶっている……ただのロクデナシじゃない‼」

私が叫ぶと、首を絞める手にさらなる力が入る。

『何とでも言うが良い。力加減一つで命が消し飛ぶ、脆弱な人風情が……』

「あんたこそ、シャルを侮辱するなっ‼　シャルはね、ちゃんと反省したのよ！　過ちを認めて償おうとしたのよ‼　あんたなんかに侮辱されていい存在じゃない‼　返せ！　シャルを返せ‼」

宙に浮いた爪先がシャルの体を掠める。悪あがきだとは分かっていた。それでも動かずにはいられなかった。

そして、その時――。

『……何？』

首を絞める邪神の力が緩んだ。いや、緩んだなんてものじゃない。はっきりと力が抜けていく。支えを失った私は床に崩れ落ちる。

「げほっ、ごほっ！　かは――ッ！」

肺に空気を送り込みながら邪神を見上げると、さっきと同じ姿勢のまま固まっていた。

『何故動かん……？　そうか、貴様が内側から押さえつけているのだな、召喚者よ……！』

その言葉で私はすべてを理解する。シャルだ。あの体の中に残っているシャルの心が、邪神を押さえてくれたんだ。

でも、きっとその時間はそう長くないだろう。状況を理解した邪神はすぐに別の手段に出る。そうなる前が勝負だ。私は力を振り絞って立ち上がると、祭壇めがけて駆け出した。

『貴様何を――』

「うるさいっ！　この世から……消えてなくなれえええぇぇぇぇぇぇぇッ！！！」

私は祭壇に鎮座していた黒杯を両手で摑むと、渾身の力で地面に叩きつけた。

パキン、と音を立てて、黒杯の脚が折れた。中に入っていた血が飛び散る。

それでも私は飽き足らず、杯の部分を思いっきり蹴り飛ばした。杯は壁に叩きつけられ、粉々に砕け散る。

『アアァァァァァァァァァァッ！！！』

邪神が絶叫する。シャルの体が一瞬燃え上がるように赤く輝き、次の瞬間、がくっと崩れ落ちた。

「シャル！！！」

私がシャルを助け起こすと、彼女は小さく呻（うめ）き、薄（う）っすらと瞼を開いた。

「……ヘル、ミーナ、様……？」

「！　良かった、意識を取り戻したのね……！」

「は、い……ヘルミーナ様の声、ちゃんと届きましたよ……」

弱々しく微笑むシャルを、私はぎゅっと抱き締める。シャルの匂いだ。シャルの感触だ。シャルの体温だ……！

泣きじゃくる私の頬に、シャルは手を添えると柔らかな笑みを浮かべる。

「……ただいまです、ヘルミーナ様」

「おかえりなさい、シャル……！」

このまましばらくシャルの体温を感じていたかった。だけど状況は、私のささやかな願いを許さない。

『……中断条件が満たされた以上、顕現（けんげん）を保つことはできん……だがせめて、最後の力で城を燃やし尽くしてくれよう……！』

床に飛び散った血が炎となって燃え上がる。火の勢いは強く、鼻をつく悪臭と共にどんどん広がっていく。

「逃げましょう、シャル！　立てる⁉」

「は、はい、大丈夫です……！」

私たちは支え合うように立ち上がると、地下室の出入り口に向かう。

その時、私は気が付いた。さっきまで何もなかった場所に、クルトの棺が復活している。蓋が薄く開き、中に死蠟（しろう）の遺体が入っているのも見えた。

——そうか、黒杯が壊されたから邪神の力が弱まり、クルトもこの世に戻ってきたんだ。

きっとクルトの精神も、この死蠟に戻っているのかもしれない。だけどゲームを強制中断させた以上、もうあの精神空間でクルトと話せることはないのだろう……。

どうするべきかは迷わなかった。私はクルトの棺を胸に抱くと、シャルと共に階段を駆け上がる。たった五歳で両手両足をもがれて死んだクルトの棺は、女の私でも平然と抱えられるほど軽かった。

地上に出ると、レオンたちが待ち構えていた。

「ヘルミーナ！　無事だったのだな！　君が地下に降りてからもう二十分近くが経（た）つが、何も聞こえないから様子を見に行くべきか迷っていたところだぞ！」

「そう、そんなに……」

あれだけ大声を出していたのに、何も聞こえなかったのは、やはり邪神の力によるものだろう。

「シャルロッテさんも無事だったんですね！　良かったですぅ〜」

「ハイディ、あなたシャルのことを思い出したのね⁉」

「ハイディだけではございませんよ。ここにいる全員がつい先程、唐突にシャルロッテさんのことを思い出したのです」

ヤスミンの言葉に皆が頷く。それはつまり、皆が完全に邪神の支配下から逃れたことを意味している。

「へ、ヘルミーナ様、そ、その棺、は……」

「あなたの先祖の一人、クルト＝フォン＝シュヴァルツェンベルクの棺よ。ウルリッヒ」

「！　クルト様の……」

「でも今は、ゆっくり説明している暇はないわ。地下で火災が発生したの。この城は間もなく燃え落ちるでしょう」

「ふえええっ⁉　ほ、ホントですかあっ⁉」

「……あ、キナ臭い。これは本当ですね。レオンハルト様、さっさと逃げましょう」

私たちが完全に地上に出ると、暖炉の跳ね上げ扉を閉ざす。

それでも隠し切れないキナ臭さが食堂に漏れ始めていた。

「邪神の最後の悪あがきよ。早く逃げるのよ！　もし取り残した物があれば、後でアインホルン家が補償するから！」

「分かった。行くぞ、皆の者！　私に続け！」

さっき出した指示に皆は従ってくれていたようで、荷物がまとめられている。

レオンハルトがリーダーシップを発揮して皆を導く。こういう時に皆を引っ張ってくれる彼がいてくれて助かると、初めて本気で思った。

私たちは全員揃って城を出る。城門はあっさり開き、私たちは無事に脱出することが出来た。

――あれほど外への脱出を切望していたのに、その瞬間は驚くほどあっさりとしたものだった。

「そうか、地下ではそんなことが……」

私は地下であった出来事を、皆に話しながら山道を歩く。

皆は驚いたり感心したりしながらも、不思議と疑いの声が挟まることはなかった。

途中で振り返ると、背の高い城壁の向こうで黒い煙が立ち昇っているのが見えた。

幾度となく悪夢を繰り返した箱庭が、積年の呪いが、崩れ落ちていく……。

「ヘルミーナ様、その、クルト様の棺ですが……」

「ええウルリッヒ。あなたとの約束通り、アインホルン家が責任を持って丁重に弔わせて頂くわ」

「は、はい……！」

私は胸に抱えたままの、クルトの棺を抱き締める。

クルト゠フォン゠シュヴァルツェンベルク。彼がいなければ、きっと私たちが全員揃って城門の外へ出ることはなかった。

もう彼の声は聞こえない。城門の外へ出てしまった以上、私たちは現実の物理法則が働く世界へ戻ってきた。

あの城で起きたような超常現象は、もう起こらない。

私がクルトの声を聞くことは、二度とないだろう。

それでも私は覚えている。絶対に忘れない。

あの城の中で起きたこと。私自身がしてしまったこと。

それらを胸にしっかりと刻み、これからの人生を生きていく。

「これで……終わったのでしょうか、ヘルミーナ様」

シャルが私の手を握る。

その手を握り返しながら、私はシャルの顔を見つめ返しながら、ゆっくりと首を振った。

「いいえ、これから始まるのよ」

私自身の人生も、あの城で犯してしまった罪の償いも、そしてシャルとの本当の関係も。

すべては、これから始まる。

私の言葉にシャルは虚を突かれたような顔をした後、すぐ神妙な表情になって頷いた。

「はい……私の人生をかけて、これまでの罪を償っていきます」

「私も一緒にね」

「その、ヘルミーナ様は巻き込まれてしまっただけで、いわば不可抗力で……」

「それでも覚えている以上、償わなければ私の気が済まないわ。だから一緒に償いましょう。そしてこれからシャルがどんな人生を歩むのか、私に見せてちょうだい」

その言葉にシャルは大きな目を瞬かせた。

奇しくも私たちは、余人には理解できないような、不可思議な記憶を共有してしまった。

罪の記憶、共犯者の絆。それは時として、恋人や夫婦よりも強い結びつきになるという。

私とシャルが罪を償い続ける限り、私たちの絆は断ち切れない。

だから――生涯をかけて、罪を償っていこう。この命が尽きるまで、ずっと。

「……はいっ。私にもヘルミーナ様のこれからを、見守らせてください……！」

そんな私の真意を汲み取ってくれたのか、シャルは地下室を出て初めて笑顔を見せてくれた。

私たちはしっかりと手を繋いだまま、山道を降る。

やがて山道の終わりが見えてきた。先頭を歩くハイディがはしゃいだ声をあげる。

「村が見えてきましたよ、村ですよ！　ハンメルドルフよ、ハイディちゃんは帰ってきたぞーっ！」

光が私たちの行く手を照らす。皆が喜びの声を弾ませる。

私たちは山の外へと一歩を踏み出す。その先には、ようやく掴んだ平穏が待っていた。

エピローグ

あれからいくつかの季節が流れた。

私——ヘルミーナはレオンハルトとの婚約解消手続きを終えた後、再び試験を受けて宮廷学院に再入学した。相変わらず私に対する学生の当たりはきついけど、受け流す強かさを手に入れた。最近では私に理解を示し、歩み寄ってくる生徒や教師も現れ始めている。

屋敷を離れる時に、シャルも一緒に連れてきた。昼間は派遣型のメイドとして働き、夕方になると私が借りているアパートに戻ってきて一緒に過ごす。彼女はずっと私の側にいてくれる。

「ただいま、シャル」

「おかえりなさい、ヘルミーナ様。今日は『Le Monde Brille』のケーキを買ってきましたよ。食後に一緒に食べましょうね」

「ハイディのお店の新作？　ふふ、楽しみだわ」

アパートのダイニング。白いクロスのかかったテーブルには、王都で一番人気の高いカフェのケーキの箱が置いてある。

あれから私は約束通り、ハイディの紹介状を書いた。アインホルン領でも良かったのだけど、私が王都の学校に再入学すると告げると、ハイディも王都がいいと言い出した。今では将来の菓子職人を目指して、毎日真面目に働いている。

「それから、レオンハルト様からお手紙が届いていますよ」

「どれどれ……あら、今度お兄様とまたゼーゲン州に行くんですって。楽しそうでいいわね」

「あのお城の跡地を記念碑にするんでしたっけ」

「そうよ。クライン様が教会に働きかけて、跡地にシュヴァルツェンベルク一族を偲ぶ記念碑を建ててくれることになったの。これで一応、ウルリッヒとの約束も果たせる形になるのかしら」

「そうですね、きっと」

シャルは胸に手を添えて頷く。

あの後、火事は一昼夜続いて、城を跡形もなく燃やし尽くした。しかし不思議なことに山には延焼しなかった。高い城壁が炎を防いでくれたのだろう。

ハンメルドルフ村からは多少の抗議もあった。しかし兄に事情を説明した私が地元に見舞金を渡すと、それっきり何も言わなくなった。レオンの手紙によると、今回の訪問も大歓迎されているらしい。こう言ってはなんだけど、現金なものだ。

ゼーゲン州行きには、もちろんクリストフも同行するらしい。いよいよ本格的にエーベルヴァイン公爵家を継ぐ準備に入ったレオンの下で、精力的に働いているそうだ。

ヤスミンはウルリッヒを伴って王都に出てきた。今ではヤスミンはシャルの同僚で、ウルリッヒは庭師としての腕を磨くべく園芸学を学校で学んでいる。

自分自身の呪いを解いた彼はもう狼面を被っておらず、端整な顔を隠していない。おかげで王都の女性たちから大人気だ。……本人はああいう性格だから、困っているみたいだけど。

「みんなそれぞれ、新しい人生を歩んでいるのね」

私は手紙を置いて、小さく呟いた。

あの城での経験は、良いことばかりではなかったけど、私やシャルを成長させてくれた。

私は周りに流される非本来的な生き方を止めて、自分自身の人生を生き始めた。まだ全てが順調――とは言えないけど、それでも気持ちは以前より遥かに前向きになった。

人は生まれた時から、望まない何かに――因縁に縛られている。

そして因縁故に、誤った選択をしてしまうこともある。

だけど間違いに気付けば直していけるし、生きている限り過ちは償うことが出来る。

シュヴァルツエンベルク城の事件で、私はそのことを実体験として学んだ。

「ねえ、シャル？」

「はい、なんでしょうか。ヘルミーナ様」

「あなたは今、幸せ？」

私の問いかけにシャルは大きな瞳を丸くする。だけど、すぐに笑顔を浮かべて頷いた。

「はい、もちろんですっ！」

そうか、それなら良かった。

私たちはお互いの背景にある因縁を知った上で、それでも一緒にいることを選んだ。
私たちはこれからも、ずっと一緒に生きていく。
繋ぎ直した私たちの手が離れることは、きっともう二度とないだろう。
そんな確信を、胸に抱いていた——。

あとがき

皆様、初めまして。沙寺絃（さてらいと）と申します。

此度は拙著を手に取って頂きまして、誠にありがとうございます。

皆様、人狼ゲームはお好きでしょうか？　私は大好きです。

とはいえ、この小説を書き始める数ヵ月前まで人狼ゲームをやった事はありませんでした。

しかしある時、たまたま友人に誘われて参加してみたところ見事にハマってしまいました。

それからしばらく人狼ゲーム漬けの日々を送り、気が付けばこの小説を書き始めていました。

人狼ゲームは、初心者の頃は勝つのが難しいですよね。

しかし段々とルールやセオリーが分かってくると、上手く立ち回れるようになっていきますよね。

ちなみに私は人狼役が一番好きです。上手く騙せた時の爽快感がたまりません。

人狼が回ってきた時は歓声を上げそうになります。バレるので自重しますが（笑）。

と思います。

今作では人狼ゲームの楽しさを小説という媒体を通して、皆様に知って頂けたらいいな

遅ればせながら、この場を借りて謝辞を。

選考に携わってくださった講談社ラノベ文庫編集部の皆様。

駆け出しの私に諸々ご教授くださった担当編集のU様。

美麗なイラストを描いてくださったイラストレーターの千種(ちぐさ)みのり先生。

その他刊行に関わってくださった多数の皆様、誠にありがとうございます!!

そして何よりこの本を手に取ってくださった皆様、改めてありがとうございます!!

それではまた、いつかどこかでお会いできることを願って。

２０２３年7月　沙寺絃

デスループ令嬢(れいじょう)は生き残る為(いのこため)に両手(りょうて)を血(ち)に染(そ)めるようです

沙寺絃(さてらいと)

2023年8月30日第1刷発行

発行者	森田浩章
発行所	株式会社　講談社 〒112-8001 東京都文京区音羽2-12-21
電話	出版　(03)5395-3715 販売　(03)5395-3605 業務　(03)5395-3603
デザイン	AFTERGLOW
本文データ制作	講談社デジタル製作
印刷所	株式会社ＫＰＳプロダクツ
製本所	株式会社フォーネット社

KODANSHA

ISBN978-4-06-532813-2　N.D.C.913　279p　15cm
定価はカバーに表示してあります